소설 법정

아름다운 날들

2

아름다운 날들 2

초판 1쇄 발행 2022년 12월 23일

지은이 백금남
펴낸이 정성욱
펴낸곳 더소울

편집 정성욱
마케팅 정민혁

출판신고 2022년 3월 29일 제 2022-000060호
전화 02)732-2530 | FAX 02)732-2531
이메일 jspoem2002@naver.com

ISBN 979-11-979343-9-1(04810)

* 이 책의 국립중앙도서관 출판시 도서목록은 서지정보유통시스템 홈페이지(http://seoji.nl.go.kr)와 국가자료공동목록시스템(www.nl.go.kr/kolisnet)에서 이용하실 수 있습니다.
* 잘못된 책은 구입하신 서점에서 바꿔 드립니다.
* 책값은 뒤표지에 있습니다.

— 이정서재는 도서출판 더소울의 문학 브랜드입니다.

소설
법정

아름다운 날들 2

백금남 장편소설

이정
서재

일러두기

1. 이 작품은 법정 스님의 일대기이다. 오랜 세월 수많은 사람을 찾아다닌 결과물로, 그들의 증언과 문헌을 토대로 했다. 이 작품을 쓰는 데 자료를 제공해 준 이들을 일일이 밝히지 못함을 유감으로 생각한다.
2. 부득이하게 실명을 사용했다. 혹 누가 되었다면 넓은 마음으로 용서해주기 바란다.
3. 발굴해낸 시 12편과 칼럼 및 기고문 4편, 설화 7편을 실었다. 아직 어디에도 발표되지 않은 습작 시절의 작품과 시인으로서의 데뷔 작품이다.
4. 인용하는 작품은 한문을 한글로 바꾸었을 뿐 어떤 윤문 작업이나 첨삭도 없었다. 습작 당시의 느낌을 그대로 살리려고 원문 그대로 실었으며, 이해를 돕기 위해 그와 함께 등단한 시인들의 시 2편도 함께 실었음을 밝혀둔다.

차례

불일암

희망은 어디까지나 희망일 뿐. 그런 세상이었다. 이 세상을 구할 장수왕은 어디에도 없었다. 내가 장수왕이 되려 했던가? 허허 웃음이 나왔다. 그런 발심을 내보면 무엇하나. 그들을 제도할 경지도 얻지 못 했으면서. 도대체 무엇을 하겠다고 여기 있는가.

인혁당 사건으로 한 무리의 반정부 세력이 고초를 겪는 와중에 그 구심점 역할을 하던 장준하마저 죽어버린 마당이다. 세상을 바꾸어보려던 선지자들의 신심을 무참히 짓밟아버리는 세상. 자신들의 권력을 유지하려고 생때같은 젊은이들을 죽이고 죽게 만드는 세상.

곰곰이 생각하는 시간이 길어졌다. 명색이 출가 수행자

로서 마음에 적개심과 증오심을 품는 일 또한 자책이 되었다. 무슨 운동이든 개인의 인격 형성과 이어지지 않으면 별 의미가 없겠다는 생각이 들자, 법정은 본래의 자리로 돌아가야겠다고 생각했다. 그들을 구하기 위해서라도, 좀 더 나은 세상을 위해서라도 비록 이름 없는 꽃이 될지언정 더 수행해야 할 것 같았다. 수행이 깊어지면 그 향기로 이 세상은 점차로 변해갈 것이었다.

통도사에 계신 경봉 스님을 뵈러 갔다. 휴가철인데도 절 안이 고요했다. 감회가 새로웠다. 이곳 금강계단에서 자운 스님을 계사로 비구계를 받던 때가 언제이던가. 이곳에서 4 · 19를 맞고 5 · 16을 맞았으며, 운허 스님과 함께 불교사전을 만들었다.

도량을 서성거렸다. 황화각에서 들려오는 독경 소리. 방장실로 향하는데 지객 스님이 달려왔다.

“어째 연락도 없이…….”

그러면서 반갑게 합장하고 절을 한다. 먼저 대웅전에 들어 향을 사르고 그이 앞에 절을 올린 다음 경봉선사를 뵈었다. 아직도 정정 하셨다. 선승의 맥을 이었으면서도 학과 선을 분별치 않는 이 시대의 참 고승.

경봉선사는 1892년 경남 밀양에서 출생해 1907년 모친상을 당한 뒤 양산 통도사에서 출가했다. 남들이 선승입네 하고 가부좌를 틀고 앉았으면 경줄이나 읽으라고 고함치고, 경전을 읽고 있으면 선정에 들어 부처님의 마음을 얻으라고 소리치는 분이다. 그렇게 선과 교를 분별하지 않는 양반이 바로 경봉 스님이었다. 스님들이 경줄이나 읽고 설법을 어렵게 하면 그는 손을 홰홰 내저었다.

"뭐가 그리 어렵노? 대기설법對機說法, 대기설법도 모르나? 부처님이 어데 못 알아듣는 설법 한 적 있나. 부처님은 듣는 이의 수준과 근기에 맞게 비유를 써가며 설법하던 양반이었다 이 말이다. 근데 뭐가 그렇게 어렵노? 말캉 옛날에 중국 중놈들이 써묵은 소리를 앵무새처럼 씨부리고 있는 거 아이가. 그건 죽은 말이제."

그랬다. 법정이 생각하기에도 한국 불교의 병폐는 여전히 사대화되어 아무도 모를 소리만 읊조리는데 있었다. 뜻을 모아《우리말 불교성전》을 내기는 했지만 제대로 된 우리말 경전 하나 없는 현실. 하나같이 한문투성이니 일반 대중이 범접하기가 쉽지 않았다. 더욱이 고승대덕이라고 하는 이들의 설법을 들어보면 옛 중국의 선사들이 하던 소리를 그대로 흉내 내어 내뱉고 있었다.

선은 체험이다. 체험하지 않고 선을 말할 수는 없다. 그렇기에 모방이란 있을 수 없는 세계다. 학學도 마찬가지다. 아무리 좋은 글이라 해도 우리말로 되어 있지 않은 이상 한국 사람이 읽어내기 힘들다. 설령 읽는다 하더라도 부처님의 말씀을 오롯이 이해했다고 볼 수 없다. 그렇기에 법정은 글이라도 써왔던 것이 아닌가. 전근대적인 중생제도에서 벗어나지 않는 한 한국 불교는 계속해서 침체될 뿐이라고 생각했기에 펜을 놓지 않았던 것이다.

법정이 들어가자 경봉 스님이 만면에 웃음을 지었다. 그의 손에 신문이 한 장 쥐어져 있었는데 낡았다.

"이거 니가 쓴 기가?"

법정이 받아 보았더니 예전《대한불교》에 쓴 글이었다.

"언제 것인데 가지고 계십니까?"

경봉 스님이 웃었다.

"니 일마 글이 제법이야. 수행은 안 하고 글만 썼는갑다."

"글도 수행입니다."

"맞다. 그것도 보통 복으로는 안 되제. 그리고 중이 되었으면 똑바로 해야제. 잘했다. 이래 따끔하게 지적질도 해야지."

<긴급동의> 전국승려대회에 임하는 자세

추억의 장

지린내가 났다.

신짝이 바뀌었다.

눈에 눈에 핏발이 섰다.

마침내 장삼자락에 피가 번졌다.

이것은 어떤 시의 일절이 아니다. 아직도 기억에 생생한 우리 주변에 있었던 추서이전의 사실이다. 서글픈 과거도 회상만은 즐겁다는 감상적인 말이 있지만 이런 회상은 즐거움은커녕 쓸쓸하고 메시꺼운 뒷맛뿐이다.

머지않아 곧 전국승려대회가 열릴리라고 한다. 계절적인 질환처럼 한동안 잠잠하던 회색의 행렬이 또 꿈틀거릴 모양이다.

온 국민이 지금 목마르게 기다리고 있는 것은 '승려대회'가 아니라 만물을 촉촉히 추겨줄 단비일 텐데—.

그 결과는 예측할 수 없지만 십년을 두고 겪어온 일들로 미루어보아 어쩐지 불안이 앞서는 것은 필자만의 느낌일까! 필자는 이번 '전국승려대회'에도 원칙적으로 부정적인 입장에 선다.

새삼스레 결재중이라고 해서가 아니다. 전국 방방곡곡에서 움직이느라고 소비될 시주물의 정재가 아까워서만도 아니다. 지금 우리들이 종교인으로서의 구실을 제대로 못 하고 있는 처지에 사회적으로 어떤 영향을 끼칠 것인가를 숙고해볼 때 찬성할 수가 없는 것이다.

'승려대회' 하면 선뜻 '프랑카드'를 들고 구호를 외치던 비정의 행렬이 연상되도록 우리에게는 '과거'가 있다. 그리고 사회적인 여건으로 보아 지금은 그 시기가 아니기 때문이다.

그러나 무슨 위원회에선가 이미 결정되었다 하니 뚝은 벌써 무너진 셈이다. 소수의 이성으로서 제지할 수 없다는 것은 그동안의 경험으로 너무나 잘 알고 있다. 그러면 우리는 이번 대회를 어떻게 가져야 할 것인가.

어떻게 할 것인가

이번 대회의 동기는 묻지 않더라도 며칠 전 '종헌결의 무효 확인 청구소송'에서 소위 대처 측이 승소하였다는 데 있을 줄로 안다. 물론 이번 이 판결은 대처 측이 종단으로서의 법통이나 불교계의 정통종단임을 확인한 판결이 아니라 종헌을 바꾸고 이를 토대로 한 의원의 위촉 내지 선임이 법적 근거가 희박하다는 것이다. 그러니까 비구승이 그르다 대처승이 옳다 하는 종교의 본질에 관한 문제가 아니라 다만 회의 진행상의 절차에 결함이 있다는 판결이다.

그리고 이것은 최종적인 확정판결도 아니다. 앞으로 상급법원의 판결이 두 번이나 남아 있다.

그런데 이만한 일을 가지고 오백만 신도를 과시하는 대종단이 발칵 일어선다는 것은 아무래도 위신과 직결될 몸짓인 것 같다.

그것이 혹시 종회거나 중진회의라면 몰라도 '전국승려대회'라는 데는—.

필자는 이제 몇 가지 원칙 문제만을 이○○○○○○○○.

첫째, 우리가 근본적으로 갖추어야 할 자세는 그것이 어디까지나 종교문제이기 때문에 교리나 승규로서 다루어져야 할 일을, 세속의 일반 법규에 의지해서 해결하려는 것부터가 잘못된 것이다. 어떤 것이 참으로 출가수도하는 승려인가는 양식 있는 사람이라면 어렵지 않게 가리게 될 것이다. 이 이상 출세간의 현상을 가지고 세간에 의탁하지 말아야겠다. 그동안 소송비용으로 소모한 정재가 얼마나 많은가 거듭 헤아려 볼 일이다.

둘째, 이번 모임이 절대로 '데모'로 타락해서는 안 된다. 한국 사회에서 '데모'라는 것이 그 성격 여하를 막론하고 일반에게 어떠한 인상을 줄 것인가는 말할 필요도 없기 때문이다.

더구나 종교단체의 의사 표시가 세속적인 것과는 그 차원이 달라야 할 줄 안다. 우리들의 일동일정이 그대로가 포교의 구실을 하게 된다는 사실을 우리는 늘 명심해둘 일이다.

따라서 영향력을 가진 '노장?' 스님들의 언동이 과거처럼 이성을 잃어서는 안 될 것이다.

셋째, 기왕 모이게 될 이번 기회에 우리는 저마다 출가의 의지와 구도자로서의 사명감을 거듭 자각하고, 이 혼돈에서 벗어날 출구를 찾아야 할 것이다. 그래서 한국 불교도가 가져야 할 근본적인 자세를 결정해야 할 것 같다.

무엇보다도 인재가 아쉬운 이 불모지에서 인재양성에 대한 구체적인 방법론과 그 시급한 시행이 다짐되어야 한다. 그리고 수행인으로서 갖추어야 할 승규가 강조되어 일반의 신망을 잃지 않도록 해야 할 줄 안다.

말할 수 없이 비싼 대가를 치루면서 모일 이번 '전국승려대회'에는 신짝을 바꿔 신는 무질서가 없어야겠다. 부화뇌동하는 우를 범하지 않아야겠다. 그리고 값없이 피를 흘리지 말아야겠다. 부디 부디 "과거를 잊지 맙시다!"

—수미암에서

_법정, 《대한불교》, 1965년 6월 20일.

중생은 압박에 겨워 울고 있는데 그들을 구할 불교계마저 아직 왜 이 모양인지. 이런 글이나 쓴다고 해서 도대체 달라진 것이 무엇이란 말인가. 설화를 읽을 때처럼 부끄럽다는 생각은 들지 않았지만 심한 자책감이 밀려들었다.

오래 전에 쓴 글을 읽다가 법정은 시선을 들었다. 시자가 무엇인가 개고 있었다. 수의 같았다.

"누구 것입니까?"

법정이 물었다.

"절마들이 내 빨리 죽을까봐 벌써 장만하는 모양이다."

경봉 스님이 대신 대답했다.

"수의 해놓으면 오래 사신다고 다들 해놓습디다."

법정이 웃으며 말을 받았다.

"하이구야, 치아라. 오래 살아서 뭐하구로. 이 세상에 와서 뭐 한 기 있어야지. 신도들 등골이나 빼묵었지. 뭐 한 게 있나."

그때 지객 스님이 먹을 들고 들어왔다. 경봉 스님이 가져오라고 시킨 모양이었다. 지객 스님이 경봉 스님에게 먹을 건네고 옆방에서 벼루와 지필을 내왔다. 경봉 스님은 가져온 먹을 요리조리 살펴보며 중얼거렸다.

"먹이 좋지 않아. 입승에게 좋은 게 있다기에 가져오라고 했더니 별나지도 않네."

지객 스님이 먹을 받아 갈기 시작했다. 경봉이 물끄러미 보다가 붓을 들었다. 먹물을 듬뿍 묻히고 글을 써 내려가기 시작했다.

경봉 스님의 사형 되는 분은 구하 스님이다. 1911년부터 통도사 주지까지 하고 글씨 잘 쓰기로 소문난 분이 구하 스님이다. 사서삼경을 다섯 살에 뗄 만큼 신동이었는데 열세 살에 천성산 내원사에 머물다가 1889년 열여덟에 경월 스님을 은사로 출가했다. 전국의 산천을 떠돌다가 스물아홉 살 무렵 통도사와 인연을 맺었고, 경봉 스님과는 그렇게 도반이 된 스님이었다.

서른넷에 구하 스님이 통도사 옥련암에서 생사가 둘이 아닌 경계를 깨닫고 오도송을 읊었는데, 그 글씨를 보고 경봉 스님은 깜짝 놀랐다. 명필 중의 명필이었기 때문이다. 그때쯤 경봉 스님도 글씨라면 천하에 제일이라고 생각했는데 그게 아니었다.

마음에 티끌이 따로 없어
그와 같이 존재하고
오체를 공중에 던지니
함께 귀의한다네.

명필이기도 했지만 그 명문을 보면서 경봉 스님은 그만 구하 스님에게 반하고 말았다.

나중에 구하 스님은 통도사를 맡았다. 그때는 대처승이 술의 원료인 누룩을 팔아 배를 불리는 폐습이 심했다. 구하 스님은 원체 강직한 성품이라 그들을 몰아내고 강원과 선원을 복원했다. 그런 구하 스님을 도우면서 경봉 스님은 자신의 붓글씨 실력을 숨겼다. 명필로 소문난 구하 스님 못지않게 필력을 갖추었지만 사형에 대한 예를 다

하기 위해서였다. 글씨뿐 아니라 글 짓는 실력도 뛰어났지만 구하 스님 앞에서는 한 번도 글 자랑을 한 적이 없었다. 그만큼 구하 스님에게 배울 점이 많았기 때문이다.

그런데 본의 아니게 단 한 번 구하 사형에게 자신의 글씨를 들킨 날이 있었다. 편지를 쓰다가 딱 걸린 것이다. 경봉 스님의 글씨를 본 구하 스님 역시 입을 다물지 못했다. 명필이요, 명문이었다.

1917년에 구하 스님은 30본산 위원장(본사주지회 의장)으로서 일본 시찰을 갔다. 경봉 스님이 가만히 보니, 자신이 존경해 마지않는 사형이 친일분자 같았다. 화가 있는 대로 나 따지려고 하다가 알게 되었다. 일본 형사들이 통도사에 들이닥쳤던 것이다.

어느 날 구하 스님이 바랑을 메더니 경봉 스님을 잡아끌었다.

"따라나서게."

"왜 그러십니까?"

"어서 따라나서라니까!"

그의 강압에 못 이겨 따라나섰는데, 구하 스님이 이끈 곳은 승이 발을 들여놓으면 안 되는 요정이었다.

"아니, 왜 이러십니까?"

"잔말 말고 따라 들어오게."

기생들이 몰려나왔다. 술상이 나오고 술이 돌았다. 경봉 스님은 애가 탔다.

"왜 이러십니까?"

"이건 술이 아니야. 반야탕이라고 생각하고 들게."

술자리는 사흘 밤낮으로 계속되었다.

그런데 술값 계산이 묘했다. 경봉 스님은 술값이 엄청나게 나왔으리라고 걱정했는데, 요정 여주인은 돈을 받을 생각은 않고 지필묵을 가져다 놓았다.

구하 스님은 게송 한 줄로 술값을 대신하고 요정을 나왔다. 경봉 스님은 영문도 모른 채 통도사로 돌아왔다. 그리고 이틀 후에 일인 형사들이 들이닥쳤다.

그들은 들이닥치기가 무섭게 구하 스님을 찾았다.

"이놈, 바른 대로 대라. 너 독립군 앞잡이지? 다 알고 왔어. 이 중놈아, 네놈이 상해임시정부에 자금을 대고 있다는 걸. 돈 어디 있어. 어디다 숨긴 것이야. 네놈이 자금을 받아 상해임시정부로 넘기려는 걸 알고 왔단 말이다."

구하 스님은 태연하게 웃으며 대답했다.

"무슨 소릴 하는지 모르겠군. 사실 모르는 사람에게 돈은 받았소이다. 며칠만 가지고 있으라고 바랑에 찔러주더란 말이오. 그런데 돈을 보니 술 생각이 나고 여자 생각이 나더군."

"그래서?"

"쓰고 보자는 생각이 들어 요정집으로 갔소."

"뭐라고?"

"물어보시오. 물어보면 알 것 아니오. 저자와 함께 갔소. 사흘 밤낮으로 술을 마셨단 말이오."

구하 스님이 경봉 스님을 가리키며 말했다.

"그럼 그 돈을 요정에 주었단 말인가?"

"그렇소. 요정에 가 물어보시오, 내 말이 거짓인가."

일인 형사들이 요정으로 몰려갔다.

경봉 스님이 생각해보니 사흘 밤낮으로 술을 퍼마시고 구하 스님이 준 것은 게송 한 구절이었다. 마음을 졸이며 요정으로 갔는데, 이상한 것은 요정의 여주인과 기생들이었다. 게송을 받았다는 말은 안 하고, 두 중이 와서 사흘 밤낮으로 술을 마셔댔으며 기생까지 끼고 자는 바람에 술값이 엄청나게 나왔다고 했다.

그제야 경봉 스님은 눈치를 챘다. 구하 스님은 그때 상해임시정부에 돈을 대고 있었던 것이다. 일본 사람들 비위를 맞추는 척하면서 안으로는 그 일을 해냈다. 그 사실을 알고 있는 기생들도 그의 알리바이를 만들어주고 게송 한 줄로 술값을 대신하게 해주었다. 구하 스님에 대한 존경의 염이 더 일어났다.

구하 스님에게 자금이 내려오기만 하면 두 사람은 사하촌 기생집으로 갔다. 사흘 밤낮으로 실컷 마시고는 게송을 써주곤 했다. 기생들은 두 사람의 글에 홀딱 반해 서로 가지려고 했다. 일인 형사들이 다시 눈치채고 감시가 심해지자 거지가 떼로 몰려와 난동을 부렸다. 독립자금을 받으러 온 사람들이었다. 구하 스님은 그 우두머리에게 슬쩍 자금을 건네주곤 했다.

1965년 11월 24일, 구하 스님은 점심 공양을 하고 문득 한마디 했다.

"이제 가야겠다. 사바세계에 너무 오래 살았어. 다시 오면 통도사로 올 것이야."

세수 94세, 법랍 82세로 열반에 들었다.

구하 스님이 열반한 후 행장을 챙겨보니, 모아놓은 편지와 일기가 몇 가마니나 되었다. 그중 태반은 1913년부터 8개월 동안 통도사에서 《화엄경》을 강의한 만해 한용운, 그리고 송광사의 효봉 스님과 나눈 편지였다.

그 구하 스님도 놀랐다는 경봉 스님의 붓글씨 실력. 먹물을 한껏 머금은 붓끝이 화선지를 달린다.

옛 부처도 그렇게 가고

오늘 부처도 이렇게 가니

오는 것이냐 가는 것이냐.

청산은 우뚝 섰고 녹수는 흘러가니

어떤 것이 그르며 어떤 것이 옳은가.

츱!

야반삼경에 춤을 볼지어다.

역시 명필이요, 명문이었다. 운필의 묘가 정말 예사스럽지 않았다. 내리긋고, 올라채고, 잡아채고, 휘어 돌고, 머물고, 나아가고 하면서 생성되는 글씨가 보는 이의 탄성을 자아냈다.

경봉 스님이 붓을 놓는데 밖에서 지객 스님의 음성이 들려왔다.

"큰스님, 월정사에서 편지가 왔습니다."

경봉 스님이 고개를 들었다.

"그래? 누구냐?"

"탄허 큰스님입니다."

"어서 이리 가져오너라."

지객 스님이 문을 열고 들어와 어느새 손을 내민 경봉 스님에게 편지를 내밀었다. 편지를 받아 탄허 스님의 이름자를 확인하는 얼굴이 어린아이처럼 들떠 있었다.

'저리 좋으실까.'

법정이 그런 생각을 하는데, 경봉 스님이 편지 피봉을 뜯어 읽고 나서 빙그레 웃으며 말했다.

"역시 뛰어난 사람이야."

법정이 무슨 말이라도 해야 할 것 같아서 물었다.

"탄허 스님 말씀입니까?"

경봉 스님이 머리를 주억거렸다.

"글씨 한 자 한 자가 칼날 같아. 구하 사형의 글솜씨가 좋다고 하나, 이렇게 좋은 글은 하늘이 주지 않고서야 보기가 힘들지."

탄허 스님의 글이 좋다는 것이야 세상이 다 아는데 뭐라고 썼기에 저러실까 생각하는데, 경봉 스님이 말을 이었다.

"탄허가 한암 스승의 부도비를 세우고 나니 마음이 허한 거 같아 내 나무라듯 한암 스님의 부도비 사진과 비문을 보자고 했더니 답신을 보내왔구먼. 사진은 인편으로 보냈고, 부도비 비문은 편지로 보낸다고."

법정은 탄허 스님을 생각하는 경봉 스님의 의중이 손에 잡힐 듯이 느껴졌다. 한암 스님과 경봉 스님의 사이가 누구보다도 깊다는 사실은, 한몸처럼 서로를 아끼며 서신을 나누던 사이라는 사실은 그도 알고 있었다. 경봉 스님의 서신에서 탄허 스님은 한암 스승을 보는 듯한 느낌을 어쩌지 못하며 답서를 썼을 것이다.

“참, 그러고 보니 내 인사가 늦었구먼. 그래, 어디서 오시는 길인가?”

참 일찍도 물어보신다 싶었다. 조금 전까지만 해도 이제껏 함께 생활해온 듯 대하다가 갑자기 제정신이 든 것처럼 물었다.

“서울서 오는 길입니다.”

“인편에 들으니 고생이 많았다고?”

“아닙니다.”

경봉 스님이 고개를 주억거렸다.

“중생이 고통받는데 돌아앉는 게 독각獨覺이요, 그렇다고 출가한 사람이 그들 속에 뛰어들어 함께 어울린다면 속승이니, 이를 어찌 할 것인가? 부처는 여기에도 있고 저기에도 있다. 그것을 모른다면 그 시심마를 풀지 못하리라.”

“이제 본래대로 돌아와 중질이나 제대로 해야겠습니다.”

“우째 중질하는 게 제대로 하는 것인데?”

법정은 느닷없는 경봉 스님의 질문에 말문이 콱 막혔다.

“언젠가 그대가 쓴 글을 본 적이 있네. 팔만대장경을 빨래판에 비유한 것이던가? 그래서 산속에서 글이나 쓰겠다고?"

"아닙니다."

"어느 날 중이 되겠다는 놈을 하나 받았는데 선을 가르쳤더니 책만 읽고 글을 쓰는 기라. 왜 그러냐고 했더니, 선으로는 부처를 모르겠다고 해. 그래 당장에 내쫓고 말았다 아이가. 왜 분별을 해. 선이 교요 교가 선인데, 왜 교를 주장하는지. 내 그랬다. 당장 산을 내려가 글쟁이나 되라고. 글을 써도 대승적으로 써야지 글치 않고서야 무슨 의미가 있겠나. 그래야 빨래판을 면할 테니까 말이다. 그래서 하는 말이지만 탄허를 찾아가봐라. 그 사람이 경전을 잡고 있지만 나는 한 번도 그가 교승이라는 생각을 해본 적이 없다. 왜 그런지 알겠나?"

역시 말이 막혔다. 억지로 대답을 하자면 못 할 것도 없을 듯한 데 목이 꽉 막혀 말이 나오지 않았다.

탄허 스님은, 엄밀히 따지자면 효봉 스승이 통영에 있을 때 한때 제자로 있었으니, 나이를 떠나 법정에게는 사형이 되는 셈이었다.

그 길로 월정사로 향했다.

월정사 방산굴로 오르자 탄허 스님이 반갑게 맞아주었다. 방 안으로 들어서자 향냄새가 콧속으로 흘러들었다. 책상에는 원고지와 만년필이 놓여 있고, 그 앞에 원전이

펼쳐져 있었다. 방금 전까지도 번역을 하고 있었던 모양이다. 방 한편에 한암 스님의 영정이 걸려 있었다.

법정은 멀거니 한암 스님을 쳐다보았다. 앉아서 열반에 든 모습이었다. 약간 상체를 뒤로 젖힌 모습.

경허선사의 맥을 이은 당대의 선승 한암 스님. 유가에 사로잡힌 사람을 제자로 받아들여 학승을 만든 사람. 탄허 스님이 경전을 끼고 앉았다면 학승이 분명한데 경봉 스님은 그가 교승이 아니란다. 학승, 선승의 분별심에 머무르지 않고 중생을 위하는 한암 스님이나 경봉 스님의 대승심이 손에 잡힐 것도 같지만 그보다는 더한 사연이 있을 듯 싶다. 그래서 여기로 가보라 한 것 아니겠는가.

차를 앞에 두고 이런저런 말을 나누었다. 이제는 산으로 돌아와야겠다는 법정의 말에 탄허 스님이 고개를 주억거렸다.

"그게 세상사일세. 좋은 세상 구경 혼자 다하고는 웬 엄살이신가."

"경봉 스님이 안부 전하라고 하시더군요."

"언제나 그분에게서 깨달음의 향기를 맡고 있다네."

"……."

"저 세상으로 만행 나가 중생의 고초를 보았다면 이제 돌아와야지. 보아하니 결심이 선 것 같구먼."

"그렇긴 합니다만 제가 어떻게 그들을 구하겠습니까?"

탄허 스님이 먼 산을 바라보았다. 그리고 잠시 후 나지막한 소리로 말했다.

"저 산을 보게. 이름 모를 꽃들이 오늘도 피어나고 있지 않은가. 누가 알아주든 말든, 보든 말든 꽃을 피우네. 이렇듯 꽃이 내뿜는 향기로 오탁함에 물든 세상 사람들이 구원받고 있는 것이야."

"……."

"그러고 보니 한암 스승이 생각나는구먼."

법정은 가만히 탄허 스님을 바라보았다. 탄허 스님이 찻잔을 놓았다.

"내가 인생에 회의하던 시절, 한암 스님을 만났다네. 그분이 쓴《일생패궐》이라는 책자였는데, 한국의 선맥이 고스란히 나타나 있더군."

"저도 입산 전에 읽어보았습니다."

"그랬군. 그때 두 도반과 함께 이곳으로 들어와 행자 생활을 했는데, 그들은 못 견디고 결국 산을 내려가고 말았지."

"그럼 혼자 남아 머리를 깎으셨군요?"

탄허 스님이 고개를 주억거렸다.

"그랬지. 문제는 수행인데 본시 유가에서 자란 내가 아닌가. 그러니 무엇이든 유가식으로 이해가 되는 것이야. 어느 날 한암 스승이 날 부르시더니 경전을 한 권 던져주시더군. 가서 읽어보고 오라고. 다 읽고 갔더니 어떻게 읽었는지 물으시는 게야. 그래 이건 이렇고 저건 저렇고 경전 읽은 소감을 따져가며 말씀드렸더니, 허허 웃으시며 다시 읽어보고 오라는 것이야."

법정이 눈을 빛내며 시선을 드는데 달강달강 풍경이 울었다.

'바람이 부는 것인가.'

"다시 읽어보고 갔더니 또 물어. 그대로 말을 했더니 이번에도 머리를 내흔드시는 것이야. 그러면서 하시는 말씀이, '참으로 어쩔 수가 없구나. 소승의 아집을 버리라고 경전을 주었더니 이제는 대승의 아집을 배워 오지 않았는가.' 기가 막히더구먼. 그날 다시 물으시는 게야. 생활선生活禪이란 말을 들어보았느냐고. 그러고는 문을 활짝 여시더니 손끝으로 산 아래를 가리키시더군."

탄허 스님이 갑자기 한암 스님을 흉내 내듯 문을 열었다. 문이 열리자 산의 풍경이 한 점 수묵화처럼 눈 속으로 파고들었다. 바람이 불고 있었다. 먼 산의 나뭇가지들이 흔들리는 게 보였다.

"그때 그분이 말씀하시더군. 여기가 우리 수도장이라면

저잣거리 사람들, 그들의 수도장은 어디이겠느냐고. 그때 깨달았다네. 행주좌와行住坐臥라, 다니고 머물고 앉고 눕는 모든 것이 수행일지도 모른다고. 저 사나운 저잣거리를 헤매는 중생 하나하나가 모두 꽃인 것을. 너와 나를 분별하는 관념이 무지라면, 그것을 없애버리면 선이 어디 있으며 교가 어디 있겠느냐는 것을."

탄허 스님이 잠시 말을 끊고 차를 들었다. 법정은 한 손으로 찻잔을 들고 다른 손으로 찻잔 밑을 받친 탄허 스님의 모습을 가만히 지켜보았다. 찻잔 바닥에 댄 스님의 손끝이 곱다. 저 손끝에서 부처의 말씀이 우리말로 쓰이고 있으리라. 그런 생각을 하며 법정은 연꽃 문양이 새겨진 다기들을 지그시 내려다보았다.

탄허 스님이 찻잔을 놓으며 문득 말을 이었다.

"나는 할 말을 잃고 고개를 숙였는데 그분이 다시 말씀하시더군.

'너는 저잣거리에서 한학을 배웠으니 그것을 살려 열심히 경전 공부를 한다면 어려운 부처님의 말씀을 중생에게 들려줄 수 있지 않겠느냐?' 정말 얼떨떨하더구먼. 교승을 지해종도라 나무라던 대선승이 교학을 하라고 주문하니 말일세. 너는 아무리 해도 저잣거리에서 닦은 교의 때가 많아 선승의 재목이 아니니 차라리 선승을 포기

하라는 말이 아니고 무엇이겠는가. 그래 말했다네. '큰스님, 저는 참선 수행으로 속세의 때를 씻고 견성성불 하고 싶습니다. 그렇지 않다면 저는 교승이 되어 떠돌 것입니다.'"

"그랬더니요?"

탄허 스님이 찻잔을 들었다. 허리를 꼿꼿이 편 자세로 역시 한 손으로 찻잔 밑을 받쳤다.

법정은 자신도 모르게 '왜요?' 하는 말이 나오려는 걸 참았다. 이내 그의 말이 이어질 것 같다는 생각이 들었다.

탄허 스님은 차를 한 모금 마시고 잠시 먼 산등성이로 눈을 주었다가 말을 이었다.

"이렇게 말씀하시는 게야……. '너를 받아들이기 전에 성관이라는 수좌가 내 시중을 들었는데, 나중에 보니 강원에 들어가 교승이 되어 훗날 학교를 세우고 불교 진흥을 도모하려는 꿈을 세웠더구나. 그러고 보면 참으로 인생이란 알다가도 모를 일이 아니냐. 그놈은 알음알이에 미쳐 그것을 받아들이지 못해 안달하고, 너는 교승이 될까 두려워하니 말이다. 바로 그 지점이니라. 너희는 두 갈래 길 앞에 서 있어. 한 사람은 그 길로 가려 하고, 그 길을 걸어온 너는 이 길로 가려 하니……. 탄허야, 부처님의 말씀만이 교가 아니다. 네가 살아온 저잣거리의 알음알이가 바로 교다. 너는 그 강을 건너왔으니 이제 분별하지 말아야 하느니라.' '그럼 왜 제가 이곳으로 왔을 때 세속의 지식은 무용하다 하셨습니까?'하고 반문하리라. 내 이제 대답해 주마. '앎의 쓰임을 경계한 말이었느니라. 《금강경》 한 줄 제대로 못 읽으면서 선승입네 하고 가부좌만 틀고 있으면 어떻게 되겠느냐."

가만히 듣고 있던 법정이 찻잔을 들었다. 이미 차는 식었다. 탄허 스님이 눈치채고는 마시려는 찻잔을 내려놓으라고 손을 까닥였다. 법정이 찻잔을 내려놓자 찻잔의 물을 퇴수기에 비우고는 따뜻한 차를 따랐다. 법정은 합장하고 차를 마셨다. 두어 모금 마셨을까, 탄허 스님의 말이 이어졌다.

"그렇게 말씀하시고는, 선교일치란 말을 잊어서는 안 된다고 하시더군. 너는 선과 교를 합일할 수 있는 경계에 있으니, 선을 열심히 하여 교와 같은 위치에 놓는다면 중생제도가 참으로 쉬워질 것이 아니냐는 말씀이야. 교에도 능하고 선에도 능하다면 얼마나 멋진 일이겠느냐는 것이지. 교를 통해 알기 쉽게 부처님 말씀을 전하고, 선을 통해 도의 궁극으로 나아간다. 바로 그것이 나의 길이라면 그 길로 나아가 세상에 진 빚을 갚아야 하지 않겠느냐는 것이지."

문득 법정의 뇌리로 중국 조사들의 대화가 스치고 지나갔다. 어느 날 스승 위산이 앙산에게 경을 보게 했다. 그러자 앙산이 말했다.

"수좌들에게 일절 경을 못 보게 하면서 왜 제게 경을 보라고 하십니까?"

그러자 위산은 이렇게 말했다.

"다른 수좌들은 자기 일도 못 한다. 그런 처지에 어찌 남의 일까지 하라고 할 수 있겠느냐."

'어쩌면 그때 탄허 스님도 같은 생각을 했던 것은 아닐까.' 그런 생각을 하는데 탄허 스님의 말이 이어졌다.

"그 말을 듣자 이런 생각이 들더구먼. 그렇다고는 하나 나를 두고 저잣거리의 때가 묻는 환쟁이라고 나무라지 않았는가, 하는 생각 말일세. 그래 그렇게 말했더니, '진실로 깨쳐 세상으로 나아가는 이에겐 세상의 때가 묻지 않는 법이다.' 라고 하시더군."

법정은 고개를 끄덕였다. 그렇다는 생각이 들었기 때문이었다. 산중에 살다 보면 중생을 위해 세상의 때를 묻히러 가는 사람도 있다. 중생을 위해 씻으러 오는 사람도 있다. 그러니까 너는 부처님 말씀을 열심히 익혀 세상의 때를 선을 통해 씻어라, 그리하여 중생에게 부처님의 말씀을 전하여라. 한암 스님의 말씀은 그런 의미 같았다.

이내 법정의 생각을 증명하듯 탄허 스님이 입을 열었다.

"그런데 한 가지 약속을 해야 할 것이 있다고 하시더군."

"약속……?"

법정이 뇌까렸다.

"앞으로 허락 없이는 경전을 읽지 말라는 것이야. 그래 내가 물었지. '부처님의 말씀을 전하라 하시면서 경전을 읽지 말라니요?' 그러자 그 양반은 이렇게 대답하시더군. '우선 대승의 경지를 얻어야 한다. 그 경지를 얻을 수만 있다면 부처님의 말씀인 경전을 읽어도 그 언구에 사로잡히지 않을 수 있을 게야. 그리하면 훗날 네가 부처님의 말씀을 중생에게 올바로 전할 수 있을 것이다. 그러면 어떡해야 하겠느냐? 교는 팔로 쓰고 선은 다리로 쓰는 수밖에.'"

비로소 알 것 같았다. 한암 스님은 문자를 가까이하되 그것을 사다리로 삼아야 한다는 말을 그렇게 했던 것이다. 유가의 방식대로 글귀에만 매달린다면 어찌 될까? 대승의 핵심 경전도 소승 경전이 될 수밖에 없을 것이다. 그렇다면 입은 대승인데 속은 소승이란 말이다. 글귀를 좇아 유가적으로 해석하지 말고 하나가 되도록 노력해야 한다, 그 말이다. 그러지 않고서 앞으로 어떻게 수많은 경전을 중생의 것으로 할 수 있겠는가.

법정은 다시 고개를 주억거렸다. 그렇다는 생각이 들었다. 부처님의 말씀을 빨래판으로 놔둘 수 없다면, 그리고 불교의 현대화가 시급하다는 신심을 냈다면 그 누구라도 쉽게 접근할 수 있는 글을 써야 한다. 그것이 곧 대승의 길이 아니겠는가. 부처님의 말씀을 우리말로 번역해 늙은 촌부가 읽을 수 있게 하는 것도 중요하지만, 소승적 견해를 대승적으로 바꿔주는 것이 먼저이리라. 전환. 그렇다면 어떻게 작은 마음을 큰마음으로 바꿔줄 것인가. 그것은 곧 지옥을 극락으로 뒤바꾸는 것일 테니, 우리의 사명이 바로 거기에 있지 않고 어디 있겠는가.

법정은 그길로 송광사로 올랐다. 전환이라는 말이 머리에서 떠나지 않았다.

송광사 뒤편에다 조그마한 암자를 지었다. 열네 평쯤 되는 작은 암자였다. 불일암.

불일암을 지을 당시 법정에게는 원고료를 받아 모아둔 돈 80만 원밖에 없었다. 어렵게 모은 돈이었다. 효봉 스님 밑에서 온갖 구박을 받아가며 자신도 모르게 끄적이던 글들이 세상 빛을 보면서 조금씩 모인 돈. 그 돈으로 암자를 하나 지어야겠다고 생각했던 것이다.

그때 송광사 주지가 법홍 스님이었다. 그 역시 효봉 스님의 제자였다. 법홍 스님은 충북 괴산 사람으로 고려대 국문과를 졸업하고 뜻한 바가 있어 출가한 사람이었다. 속가 나이로는 법정이 한 살 아래였지만 법랍은 법정이 다섯 살이나 위였다. 어디까지나 법정이 사형이었다. 해인사 선원에서 함께 수행한 적도 있어 정이 도타웠는데, 법정이 불일암을 짓겠다고 하자 그가 도왔다.

불일암 설계도도 법정이 직접 그렸다. 되도록 간소하게 지어나갔다. 점차 모양이 드러났다. 위채가 침실 겸 서실이고, 아래채가 객실과 부엌이었다. 별채인 서전은 나중에 상좌들이 힘을 합쳐 지은 것이다.

법정은 그 불일암에서 어떻게 대승적으로 중생을 구할 것인가 생각하고 또 생각했다. 먼저 그들에게 다가가려면 그들의 입장이 되어야 할 것 같았다. 이미 《우리말 불교성전》을 낼 때부터 그런 신심이 있었지만 무엇이든 품에 안아야 한다고 생각했다. 그러려면 분별심부터 버려야 한다. 내 것은 옳고 네 것은 그르다는 분별심 때문에 세상은 어지럽고, 무분별한 소유욕 때문에 서로 눈을 붉힌다. 그러자면 자신부터 분별을 없애고 마음을 철저히 비워야 한다.

하루는 송광사에서 젊은 승이 올라오더니 한마디 했다.

"스님, 왜 이런 것들이 함께 모셔져 있는 겁니까?"

암자에는 당연히 부처님만 모셔 올 줄 알았는데, 불상뿐 아니라 십자가와 성모상이 함께 놓여 있었으니 놀랄 만도 했다.

법정이 그를 쏘아보았다.

"이런 것들이라니?"

"이단아닙니까?"

"이단? 무슨 이단?"

"예?"

"왜 나라가 이 꼴인지 알아?"

"무슨 말입니까?"

"내 것은 옳고 남의 것은 그르다는 분별심 때문이야. 그 분별심이 이기를 가져오고 소유욕을 불러오는 것이야."

"아무리 그래도 부처님을 모신 전당에 십자가라니요? 예수 그리스도, 마리아의 석고상이라니요?"

"이놈, 말을 못 알아듣는구나. 내가 보기에는, 내 종교는 귀하고 남의 종교는 이단이라고 하는 네놈 생각에 문제가 있는 것 같다. 부처님이 우리에게 무엇을 가르쳤느냐. 분별하지 말라고 가르치지 않았느냐. 그런데 어찌 불자로서 내 것, 남의 것을 분별한단 말이냐. 내 것이 옳으면 남의 것도 옳은 법. 남의 것을 인정하지 못하는 자가 어찌 자기 것을 인정할 수 있겠는가. 그것이 자비의 본질이다. 진리란 어느 길로 가나 그 귀결점은 하나인 것."

송광사의 젊은 승은 스님이 변해도 크게 변했다고 고개를 갸웃거리며 산을 내려갔다. 그런데 뜻밖이었다. 한 잡지에서 그 젊은 승이 쓴 글을 보게 되었는데, 그는 그날을 이렇게 회고했다.

> … 그날 법정 스님의 폭넓은 종교관에 감화되어 나는 눈물을 흘리며 내려왔다.

법정은 무릎을 쳤다. 그렇다. 바로 이것이구나.

진정한 무소유

불일암 위채의 후박나무는 법정이 직접 산에서 옮겨 심은 것이었다. 앞뜰에는 파초나 도라지, 달맞이꽃을 심어 놓았다.

법정의 사색은 해가 갈수록 깊어졌다. 법정은 그곳에서 어떻게 대승심에 가득 찬 글을 써내며 중질을 할 것인가 고민했다. 참선과 글쓰기가 그의 일상이었다.

그는 자신의 자잘한 일상에서 모든 불행은 소유욕에 있다는 사실을 실감했다. 소유하려면 집착이 생기고 그 집착은 그대로 업이 된다는 진리는 먼 곳에 있는 것이 아니었다. 바로 자신의 마음속에 있고 일상 속에 있었다. 조금만 욕심을 부리면 그것이 불행의 씨앗이 되고 업이 되었다.

반면에 갖지 않으려는 대승심을 내다 보면 자유스러웠다. 욕심을 비워버리면 그렇게 자유스러울 수가 없었다. 무소유. 갖지 않는다는 의미가 아니다. 꼭 필요한 것만 갖는다는 뜻이다. 그리하여 비워가는 마음에 자유라는 빛을 가득 채우는 것이다.

비로소 전환의 의미를 진정으로 알 것 같았다. 난을 정성 들여 기르다 보면 이것이 내 것이구나 싶고, 애착이 생기고, 자꾸 신경이 쓰여 그것에 얽혀들었다. 물을 주게 되고, 잎을 닦게 되고, 가치를 따지게 되었다. 어느 날 난 잎을 닦다가 '내가 왜 이러고 있는가' 하는 생각이 들었다. '버려야겠구나.' 그런 생각을 하고 있는데 아는 스님이 왔다.

"이 난 드릴까요?"

"아니, 그렇게 애지중지하더니 왜요?"

"가져가십시오."

이게 웬 떡이냐는 듯이 스님이 난을 안고 가버렸다. 아끼던 것이라 법정은 아쉬운 마음에 그 뒷모습을 바라보았다.

한동안 아쉬웠다. 잠에서 깨어나도 난 있던 곳으로 시선이 갔다. 그런데 그 빈 마음속으로 가득 차 오르는 게 있었다. 무소유의 빛이었다. 드디어 비어도 빈 것이 아니라는 생각이 들었다.

그때부터 욕심을 버렸다. 갖지 않는 것이 아니라 불필요한 것을 욕심내지 않았다. 소유하지 않으면 마음이 맑아진다는 입에 발린 소리를 하거나 글을 쓰던 때와는 달랐다. 소유하려다 보면 불행해진다고 막연히 외치던 때와는 달랐다. 이제야 자신의 일상에서 소유라는 개념을 무소유로 전환해가는 지혜를 얻고 있었다. 맑은 가난이 넘치는 부보다 못할 게 없었다. 아니, 훨씬 값지고 고귀했다. 욕심 중에서도 식욕이 또한 무서운 것이어서, 부엌에는 '먹이는 간단명료하게'란 글까지 써 붙였다. 남의 손을 빌리지 않고 늘 찬 두 가지만 해먹었다. 손이라도 오면 찬을 한 가지 더 하지만 홀로 있을 때는 두 가지면 충분했다. 대통령이 아니라 대통령 할아버지가 와도 세 가지는 넘지 않았다.

보통 객이 오면 국수를 삶아주는 게 상례였다. 통영 미래사에서 고생할 때 먹던 국수 맛을 못 잊어서이기도 하지만, 번잡하지 않고 간편해서였다. 손이 왔다고 부산을 떨 처지도 아니었다. 시장이 가깝기를 하나 상점이 있기를 하나. 산짐승이나 산새가 찾아드는 산골짝이었다. 국수를 삶아 대접하면 반찬도 줄었다. 한 가지면 충분 하니

찬값을 아낄 수가 있었다. 그래서 통영 미래사에서도 국수는 최고의 대접이었다. 국수를 삶아 물에 씻다가 흘러내리는 국수를 입으로 호록 빨아들일 때의 맛. 먹어보지 않으면 모르는 맛이었다. 그 맛에 홀려 냉수에 그냥 말아 먹거나 참기름 한 방울만 떨어뜨려 비벼 먹으면 천상이 따로 없었다.

무소유란 소극적인 생활 태도가 아니라 지혜로운 삶의 선택임을 머리가 아닌 가슴으로 깨달았다. 만족함을 모른다면 그것은 우리가 살고 있는 세상과 조화를 이루지 못하기 때문임을 가슴으로 깨달았다. 우리 인생에서 참으로 소중한 것은 어떤 사회적 신분이나 지위, 소유물이 아니라 먼저 자신이 누구인지를 아는 일일 것이었다. 그러한 일상의 깨달음들이 무소유를 주장하던 그의 의식을 눈부시게 변모시켜갔다.

이제 법정은 앵무새처럼 무소유를 주장하던 옛날의 법정이 아니었다. 일상에서 머리로 글을 쓰는 게 아니라 가슴으로 글을 쓰는 인간으로 변모했다. 그러니 그의 글은 자연히 쓰는 대로 좋은 평을 얻었다.

배차년이라고 하는 보살이 있었다. 예전에 봉은사에서 만난 보살이다. 그녀의 친족 중에 불교에 관심 있는 기자가 있었는데, 그녀가 스님다운 스님이 없어 절에 가기 싫다고 푸념하자 봉은사로 가보라고 했다. 거기 법정이라고 하는 스님이 있는데 그나마 중질 제대로 하는 스님이라고 했다. 민주화 운동에 참여한 요주의 인물이라 정보기관 사람들이 지키고 있으니 만날 수나 있을지 모르겠다고 했다. 다른 스님들은 모직 옷을 입는데 그 스님은 풀 먹인 무명옷만 입는다고 했다. 기자의 말을 들은 그녀는 면으로 된 옷을 한 벌 해서 그 길로 법정을 만나러 갔다. 법정은 그 옷을 잘 입었다.

어느 날 보살은 법정에게 무당 절도 절이냐는 질문을 했다. 법정은 그때 이렇게 말했다.

"부처님의 법은 옆길이 아니오. 정도지요. 불명이 무엇이오?"

보살은 불명이 없다고 했다.

"몇 살이오?"

"32년 임신생이구먼요."

보살이 나이를 말하자 법정이 피식 웃었다.

"나와 동갑이네. 그 나이가 되도록 옆길만 기웃거렸으니, 참. 내 불명을 하나 지어드릴게."

법정은 대도행大道行이란 법명을 주었다. 그러고는 이렇게 일렀다.

"불사佛事에는 시주를 하되 불사不事는 하지 마오."

"불사가 뭐래요?"

법정은 '佛事'와 '不事'를 한자로 써주고 집에 가 공부하라고 했다. 그 보살이 불일암으로 찾아왔다.

"아이고, 스님, 얼마나 찾았는지 모릅니다."

"반갑구려. 그래 요즘은 어떤 공부를 하세요?"

"《선가귀감》요."

보살의 거침없는 대답에 법정은 깜짝 놀랐다. 불사의 의미나 제대로 알까 하며 《선거귀감》이란 책을 한 권 주었는데 그 책을 보고 있단다. 아들이나 남편은 자신과 달리 유식하다고 해 가져다주라며 준 책이었다. 그런데 그 책을 자신이 읽고 있다고 한다. 설마가 아니었다.

그날 법정은 가사와 장삼을 수하고 부처님 앞에 절을 올렸다. 얼마 후 대도행 보살은 무명베로 이불과 삼베옷을 만들어 가져왔다. 길가의 지지한 풀잎을 차며 돌아가는 보살을 보면서, 법정은 합장을 하고 깊이 고개를 숙였다.

그래서인지 신도들이 그 옛날의 대도행 보살처럼 시도 때도 없이 찾아와 무조건 절을 해대면 법정은 슬며시 입가에 웃음을 물곤 했다. 그냥 한 번만 하라고 해도 세 번이나 하는 사람도 있었다. 그럴 때면 언제나 하심下心으로 살던 탄허 스님이 생각났다.

신도가 찾아와 절을 하면 탄허 스님은 돌아앉았다.

"내게 절을 하지 마오. 나는 그대에게 복을 빼앗길 마음이 없다오."

"무슨 말씀이십니까?"

하고 물으면 그는 이렇게 대답했다.

"절을 그렇게 자주 하면 내 복이 나가기 때문이라오. 사내대장부가 자꾸 머리를 숙여서야 되겠소."

남의 절을 받지 않겠다는 말은 겸손의 표현이었다. 또 머리를 조아리지 말라는 것은 곧 그대 자신이 부처임을 알라는 암묵적인 가르침이었다.

나중에 어떤 제자가 이를 두고 물었다.

"스님, 왜 절을 못 하게 하십니까? 사문은 누구에게나 절을 할 수 있지 않습니까?"

"부처님에게 절을 하는가, 하지 않는가?"

탄허 스님이 되물었다.

"마땅히 절을 하지요. 부처님은 깨달으신 분이 아닙니까?"

"옳다. 법의 본체이므로 잃을 것도 얻을 것도 없지. 그러니 범부의 절을 받을 만해. 하지만 범부가 범부의 절을 받을 수는 없다. 왜냐하면 범부의 본질은 사실 대승이기 때문이다."

옳은 말이었다. 하늘의 도는 비어 있는 법. 그래서 마음을 비운 자는 겸손하다.

사실 그렇게 생각하지 않는다 하더라도 마음을 완전히 비워버린 후로는 신도들이 와 절을 해대면 무안하고 낭패스러웠다. 이래도 되나 싶어 같이 절하면 맞절을 한다고 더욱 황송해했다. 그럴 때마다 '참 죄 많이 짓는구나' 하는 생각이 떠나지 않았다.

그래서 어떤 때는 "그냥 마주 합장하고 앉지요" 하고 달래듯 앉혀버리기도 한다.

그냥 '스님' 하면 될 것을 꼭 '큰스님'이라고 부르는 이들이 있었다. '큰' 자를 빼라고 해서 고쳐지긴 했지만 뭐 한 일이 있다고 그렇게 큰스님, 큰스님 하며 절을 해대는지 모를 일이었다.

그들을 밖으로 데리고 나가 다리를 한껏 벌리고 허리를 굽혀 가랑이 사이로 머리를 집어넣어 하늘을 보라고 한 적도 있었다. 사람들은 재밌다고 깔깔거렸다. 그럼 같이 웃고 말지만, 세상을 좀 거꾸로 보는 법도 배우라는 뜻을 그들이 깨달았는지는 모를 일이었다.

이제 방문객을 척 보면 그 수준을 알 정도니 도가 텄다고 할까. 이 사람은 그저 유명세 때문에 찾아왔구나, 이 사람은 책을 가져와 사인이나 받아 가려고 하는구나 하고 알 수가 있었다. 한편으로는 그렇게 터무니없이 단정

하는 자신이 스스로 생각해도 무엄한 듯했지만, 그들의 허영심에 그렇게라도 대처하지 않으면 시간을 너무 많이 빼앗겼다.

때로 홀로 서성거리고 있으면 방문객이 머뭇머뭇 다가와서 "저, 법정 스님 좀 뵈러 왔는데요" 한다. 그러면 그는 시치미를 떼기도 한다. 주위를 두리번거리며 "방금 여기 있었는데 아마 본사에 내려갔나 봅니다" 하면, 그들은 고개를 갸웃했다.

그러고는 잠시 내려가다가 다시 올라와서 말한다.

"스님, 스님 참 법정 스님 많이 닮았습니다."

법정은 허허허 웃으며 대답한다.

"예, 그런 말 많이 듣습니다."

그럼 다시 고개를 갸웃거리며 내려갔다. 그리고 오지 않았다. 본사에서 법정 스님을 닮은 키 큰 스님이 바로 법정 스님이라는 말을 듣고 욕을 하며 내려갔을지도 모를 일이었다.

범우사라는 출판사에 박연구라는 이가 있었다. 수필을 쓰는 이였는데 범우사에서 기획을 담당했다. 어느 날 그가 '무소유' 원고를 보고 책으로 내면 어떨까 싶어 법정에게 연락을 해왔다.

1976년 4월, 《무소유》 책이 출간되었다. 그동안 써온 글을 가려 뽑아 묶은 수상집으로 문고판이었다. 문고판이 인기 있을 때였다. 고속도로가 생겨 멀리 여행하는 이들이 곧잘 문고판을 들고 다니며 읽었기 때문이다.

책이 나오고 인세가 주어졌다. 인세를 받은 법정은 그길로 장준하의 집으로 갔다. 장준하의 아내가 갑자기 찾아온 법정을 반겼다.

"아이고, 스님, 어쩐 일이세요?"

법정은 합장을 한 다음 노란 봉투를 내밀었다. 범우사에서 받은 인세였다.

"이게 뭐예요?"

"딸애 시집보내는데 보태십시오."

"스님."

장준하의 아내가 손을 내저으며 사양했지만 법정은 이미 대문을 나서고 있었다. 장준하의 딸이 시댁 예물을 장만할 돈이 없어 애태우고 있다는 말을 들었던 것이다.

법정이 불일암으로 돌아오자 낯선 젊은 승이 기다리고 있었다.

"누구신가?" 하고 물으니, 《무소유》를 읽고 스님 곁에 있고 싶어 왔다고 했다. 상좌로 받아달라는 말이었다. 일거에 거절했지만 거머리처럼 달라붙어 떨어지지 않았다.

불일암에 올 때가 마흔셋이었으니, 시중드는 시봉을 두어도 괜찮을 나이였다. 그런데도 몇 번이고 뿌리쳤다. 송광사 스님들이 물으면 이렇게 대답했다.

"부처님도 쉰다섯에 시봉승을 받았는데, 이제 마흔 중반에 상좌를 두는 게 말이나 됩니까?"

"고지식하긴. 이 사람아, 그 나이에 10여 명씩은 예사로 데리고 있는데 뭔 소리여."

"아직은 저 혼자 잘 삽니다."

"그럼 쉰다섯은 넘어야 상좌를 받겠구먼?"

"물론입니다."

나중 일이지만 법정은 평생 상좌 일곱을 두었다. 그의 말대로 쉰다섯 살이 넘어서 두기 시작한 상좌들이다. 1983년에 얻은 첫 상좌 덕조德祖와 인仁, 문門, 현賢, 운耘, 진眞, 일日이 그들이었다. 잘 배운 이도 있고 못 배운 이도 있었지만 참중이 되겠다 싶으면 받아들였다. 그리고 엄격하게 가르쳤다.

아무튼 그렇게 상좌가 되겠다고 찾아오는 이들이 가끔 있었다. 그때마다 법정은 한 번씩 곤욕을 치러야 했다. 쫓아도 떠나지 않았기 때문이다. 하는 수 없이 그들을 질리게 만들었다. 《무소유》를 쓸 정도의 사람으로는 도저히 용납하기 힘든 행동으로 기를 죽였다. 밥을 해 밥솥 채로 갖다 놓고는 혼자 짐승처럼 먹는 꼴을 보이든가, 같이 자면서 잠투정을 심하게 부려 잠을 못 자게 하든가 하면 하나같이 실망했다며 물러나거나 말없이 떠나버렸다. 그날 찾아온 젊은 승도 그렇게 쫓았다.

송광사 지묵 수좌가 어느 날 왔다. 지묵 수좌는 송광사 법흥 스님의 제자였다. 법정이 효봉 스님을 모셨듯, 법흥도 효봉 스님을 모신 사람이었다. 법흥 스님은 자신이 읽은 경을 거의 외울 정도로 대단히 명석했다. 제자 지묵이 법정을 자주 찾아다니니까 하루는 법정에게 와서, 내가 가르치지 못하는 걸 내 상좌에게 가르쳐달라고 큰 도량을 보였다. 지묵이 비구계를 받고 인사를 왔을 때 법정은 알아보았다. 평생 지필묵을 지니고 살겠다는 걸. 짐작대로 지묵은 선도 잘하고 글도 잘 썼는데, 특이하게도 음식 솜씨가 좋았다. 특히 수제비를 잘 끓였다. 법정이 아무리 노력해도 그 맛을 내지 못했다. 그러자 아무래도 올라와 공양주를 맡아야겠다며 너스레를 떨더니 만행을 나갔다고 했다. 한동안 보이지 않던 지묵이 돌아와 인사를 했다. 그러고는 다시 올라온 것이다. 그는 법정이 1932년 음력 2월 15일생인 줄 알고 있었다.

"어찌?"

"오늘이 부처님 열반재일날 아닙니까?"

"그렇지."

"생신이신데 상은 받으셔야지요."

법정은 허허 웃었다.

"상은 무슨? 그건 호적상으로 그래."

"네?"

"호적에는 소화 10년 2월 15일로 되어 있거든. 그런데 사실은 32년 임신생이야. 음력 10월 8일에 태어났지. 그러고 보면 밀양 박씨 가문에서 인물났지? 한 가문에 출가한 이가 한 사람이라도 있다면 3대가 구제받는다고 하는데……. 하하하."

그 후 두 출생설이 세간에 떠돌았다. 하나는 1932년 2월 15일 탄생설이고, 다른 하나는 1932년 음력 10월 8일(양력 11월 5일) 탄생설이다. 소화 10년, 즉 1935년 탄생설이 나돌지 않은 것은 일본력 소화昭和를 쓰던 세월이 아니었기도 하지만, 서력으로 계산하기가 쉽지 않았거나 귀 너머로 들었기 때문이었는지도 모른다.

지묵이 돌아가고 얼마나 지났을까. 그가 찰밥을 해 들고 도반 행자들과 또다시 올라왔다.

큰 절에서는 보름마다 하는 삭발 목욕일에 찰밥을 짓는

데, 찰밥에 제격인 미역국까지 싸 들고 법정을 찾은 것이다. 찰밥은 현심이라고 하는 보살님이 짓고 미역국은 그가 끓인 것이었다.

그때 법정은 밤 8시경이면 피는 달맞이꽃의 개화를 보려고 앞뜰에 앉아 있었다. 그런데 꽃송이들이 망울을 터뜨리지 못하고 있었다. 그게 애처로워 법정이 한마디 했다.

"힘 좀 내자. 벌써 달이 뜨고 있지 않느냐."

그러자 정말 그의 말을 알아들은 듯이 순식간에 달맞이꽃들이 툭 하고 꽃망울을 터트리는 게 아닌가. 물론 시기적으로 꽃망울이 터질 때가 되어 터진 것이겠지만 참으로 경이로운 일이 아닐 수 없었다.

송광사에서 음식을 가져온 지묵이 다실에 들어 보니 벽에 걸린 족자가 바뀌어 있었다. 추사 선생의 글이었다.

고요한 좌선실 차 반 잔의 첫 향기 靜坐處 茶半香初
묘용을 쓰는 시간에 물은 흐르고 꽃이 피나니 妙用時 水流花開

법정은 계절따라 글을 바꾸었다. 그러고 보면 분위기를 타는 편이라고 할까. 법정에게는 족자 하나로도 철마다 암자의 아취를 느끼게 하는 힘이 있었다. 여전히 불상, 십자가, 성모상이 모셔져 있었다.

법정은 지묵이 가져온 찰밥과 미역국을 혼자 먹지 않았다.

"다시 싸라."

"왜 그러십니까, 스님."

"어디 아까워서 나 혼자 먹겠느냐."

그들은 그날 또 하나의 고개를 넘었다. 불일암 고개 너머에는 효봉 스님의 속가 아들이 거사의 몸으로 오도암이란 암자에 살고 있었다. 효봉 스님의 뒤를 이어 방장으로 들어앉은 구산 스님이 내어준 것이었다. 암자랄 것도 없었다. 토굴이라고 해야 맞았다. 과일 나무가 몇 그루 심어져 있어 과수원이라고 하지만 제대로 과일을 수확한 적도 없었다. 효봉 스님이 가출한 날을 제삿날로 정해 제사를 올리던 이가 바로 이 양반이었는데, 효봉 스님은 그 아들이 찾아왔을 때도 돌아누워버렸다. 그래서일까. 효봉 스님이 입적한 뒤 송광사 근처 암자에 들어 홀로 생활하고 있었다.

찰밥과 미역국을 내놓자 한때 화순 경찰서장을 지냈다는 양반의 입이 쩍 벌어졌다. 맛있는 음식 앞에서는 체면

이고 뭐고 없었다. 법정은 그 모습을 보면서 속으로 눈물지었다. 효봉 스승만 생각하면 마음이 아파왔다.

살아 계실 때 잘 좀 모실 것을…….

오도암에 다녀온 후 법정은 찰밥을 가져온 지묵을 공양주로 들어앉혔다. 그런데 그는 시장에 다녀올 때마다 잔돈을 내놓지 않았다. 한두 번이 아니고 보니 무엇에든 빈틈없이 치밀한 법정이 그대로 넘어갈 리 없었다. 법정은 그날따라 경전에 있는 비유를 들어가며 잔돈을 내놓으라고 윽박질렀다. 매사가 분명해야 직성이 풀리는 양반이라는 걸 지묵은 그제야 알았다.

하루는 법정의 밥그릇에 고기 몇 점을 넣어두었다. 아무것도 모르는 법정은 수저를 놀리다가 뜻밖에 고깃점을 발견했다. 지묵이 어떻게 나오나 하고 기다리는데 법정은 엉뚱한 이야기를 꺼냈다.

"옛날 마음에 드는 신랑감이 없어 시집 못 간 노처녀가 살았는데, 어느 날 마음에 드는 신랑감이 나타난 것이야."

"그래요? 그럼 시집을 갔겠군요?"

법정이 고개를 내저었다.

"아니, 안 갔어."

"왜요?"

"지금까지 지켜온 정조가 아까워서."

법정은 그렇게 말하고 자리에서 일어났다.

지묵은 부엌으로 나가 설거지를 하면서야 법정의 깊은 속뜻을 알아차렸다.

설거지가 끝나갈 무렵 법정이 그를 불렀다.

“예” 하고 달려 나가 보니 법정이 뒷짐을 지고 서 있었다.

“오도암에 좀 다녀오자.”

“이 밤에요?”

“달이 있지 않느냐.”

두 사람이 산을 타는데 지묵은 법정을 따라가기가 힘들었다. 본시 걸음이 빠른 양반인 줄은 알았지만 실제로 보니 그렇게 빠를 수가 없었다.

“스님, 같이 가요.”

법정이 그를 돌아보았다.

“이놈아, 그러게 왜 그렇게 밥을 많이 먹어? 배가 무거워서 그런 것이야. 이리 와봐. 내가 축지법을 가르쳐줄 텡게.”

“예?”

법정이 허허 웃었다.

“이리 와보라니까.”

그가 가까이 다가가자 법정이 신발을 벗고는 발바닥 중

간쯤을 엄지로 꾹 눌렀다.

“이곳이 어딘 줄 알아?”

“아뇨.”

“바로 용천혈湧泉穴이란 곳이야.”

“용천혈요?”

“옛날 축지법을 쓰던 이들은 여길 자극해 바람처럼 날아다녔지.”

매사 빈틈이 없고 엄격한 양반이 농담을 하자 지묵은 배시시 웃었다.

“허, 이놈이 안 믿네. 걸을 때 이곳을 자극하는 법을 터득해야 하는 게야.”

“아니, 어떻게?”

“이 혈을 자극하려면 발바닥 중간으로 밟고 나아가야 해.”

그날 지묵은 용천혈을 자극하는 걸음을 배우느라 뒤뚱거리며 애를 썼다. 그런데 정신을 차려보니 법정이 없었다. 법정은 거짓말처럼 벌써 오도암으로 들어서고 있었다. 지묵은 혹시 법정이 진짜 축지법을 쓰는 도인일지도 모른다는 망상에 사로잡혔다.

송광사로 돌아가 큰스님에게 그 말을 했다가, 하라는 공부는 안 하고 엉뚱한 소리나 한다며 주장자로 머리통만 얻어맞았다.

"고얀 놈."

그러면서도 "그래, 법정의 걸음이 빠르긴 빠르지" 하고 말한 큰스님은 바로 법정의 사형 되는 구산 방장이었다.

함석헌과 등불

가을비가 대지를 촉촉이 적시다가 멈춰버린 어느 날, 느닷없이 편지를 한 통 받았다. 뜻밖에도 함석헌 선생이 보낸 편지였다. 반갑게 뜯어 보니, 한번 들르고 싶다는 말이었다. 그 자리에서 답신을 썼다. 와서 쉬어 가시라고. 장준하 선생도 그렇게 가버렸으니 그 심정이 오죽할까 싶었다.

얼마 후에 함석헌 선생이 장자모임 회원들을 데리고 왔다. 본래 단출한 살림이라 대여섯 명이 몰려들자 암자가 북적거렸다. 뭐라도 대접해야 하는데 대접할 것이 없었다. 함석헌은 아침, 점심을 들지 않고 저녁 한 끼만을 몰아 먹는 대식가였다. 국수를 삶을까 했는데 대여섯 사람이 먹을 만한 양이 안 되었다. 그래서 감자를 삶았다. 그렇지만 법정은 전혀 미안한 표정을 짓지 않았다.

방이 좁아 회원들은 송광사 대중 방으로 내려보내고 함석헌 선생과 함께 누웠다. 가까이에서 귀뚜리 소리가 들려왔다.

"얼마 전에 서울에 들른 김에 장준하 선생님의 미망인을 뵙고 왔습니다."

함석헌이 눈을 감았다.

"나도 한번 가본다고 하면서도 뭐가 그리 바쁜지."

"잘 계시더만요."

"세상을 잘못 만난 게지. 지금 생각해보니 그 양반은 알고 있었던 것 같아요. 신학교를 나오고도 목사 안수를 안 받던 사람이 죽음을 예견했는지 죽기 한 달 전에 부인의 소원대로 가톨릭으로 개종하고 혼배미사를 올린 걸 보면."

"죽음의 진상은 반드시 밝혀져야 한다고 생각합니다."

"세상 돌아가는 모습을 보면 가슴이 아파요. 지구상에 이런 나라가 어디 있겠소. 다 우리 죄지요. 그들을 방관한 죄, 그들을 용서하고 있는 죄, 터무니없이 그들을 사랑한 죄……."

잠시 침묵이 흘렀다. 귀신의 호곡 소리 같은 올빼미 울음소리가 들려왔다.

"대단하오이다, 이런 곳에서 홀로 지내고 있으니."

"홀로 사는 즐거움도 만만치 않습니다."

함석헌이 돌아누우며 침통한 어조로 말했다.

"나도 젊었다면 중이나 되어 이렇게 산속에서 살아도 좋겠소."

법정의 마음이 쓰렸다. 얼마나 지쳤으면 저럴까. 그가 노구를 이끌고 싸우는 사이 자신은 현실을 이토록 방관하고 있어도 괜찮은 것인지 다시 회의가 몰아쳤다. 법정은 머리를 내저었다. 자신은 승이었다. 승이라면 승답게 이곳에서 꽃을 피워야 했다. 눈을 부릅뜬 채 깃발을 들고 고함치며 세상을 휘젓는 것이 아니라 여기에 있어야 했다. 저 이름 없는 산야초처럼 그 향기로 저 혼탁한 세상을 정화해 가야 했다.

"선생님, 생각나십니까? 해인사 금선암에 와 계실 때 말입니다."

"생각나오. 《뜻으로 본 한국사》이던가. 아마 그 원고를 다시 손질하려고 머물렀을 게요."

"맞습니다. 그때 궁현당에서 우리에게 하시던 말씀이 아직도 생생합니다. 제 기억으로는 한국 종교의 나아갈 길에 대해서였던 것 같은데……. 종파를 가릴 것 없이 아주 매서운 법문을 해주셨지요. 제가 이곳에 둥지를 틀면서도 선생님의 그때 법문을 되새기곤 했습니다."

"내가 뭘 알겠소. 그때만 해도 장준하 선생이 살아 있었을 게요."

"그렇습니다. 그렇게 가실 줄은 생각지도 못 했지요. 봉은사 다래헌 시절, 민주수호국민협의회와《씨알의 소리》일로 주말마다 만났는데……."

문득 다래헌에 살던 때가 눈앞으로 달려들었다.

아, 뜰에 피던 그 꽃송이들. 일상에 빛과 향기를 드리워주던 꽃송이들. 아침이슬을 머금은 꽃송이들을 볼 때마다 전율이 엄습하곤 했다. 자연의 섭리가 이토록 아름다울 수 있다니.

그때 쓴 시가 뇌리를 스쳤다.

다래헌 일지

연일 아침 안개
하오의 숲에서는 마른 바람 소리

눈부신 하늘을
동화책으로 가리다

덩굴에서 꽃씨가 튀긴다

비틀거리는 해바라기
물든 잎에 취했는가
쥐가 쏠다만 맥고모처럼
고개를 들지 못한다

법당 쪽에서 은은한 요령 소리
맑은 날에
낙엽이 또 한 잎 지고 있다

나무들은 내려다보리라
허공에 팔던 시선으로
엷어진 제 그림자를
창호에 번지는 찬 그늘
백자 과반에서 가을이 익는다

화선지를 펼쳐
전각에 인주를 묻히다
이슬이 내린 청결한 뜰
마른 바람 소리

아침 안개

▲ 다래헌은 강 건너 있는 봉은사 별당.

_법정,《대한불교》, 1969년 11월 9일.

잠시 생각에 잠겼는데 함석헌의 음성이 들려왔다.

"맞아요. 주로 장준하 선생의 전세방에서 모였던 기억이 있소. 중곡동이던가?"

"이번에 가보니 여전히 부인께서 그 집에 살고 계시더군요. 그분이 그렇게 되고 나서도 정보기관의 감시가 심한 거 같았습니다. 내가 나타나자 살기 띤 눈들이 여기저기 보이더군요."

"그때 스님의 용기가 칼날 같았지요. 우리를 따라다니는 형사들이 전화로 누구누구가 여기 모였다고 하니까 그 전화기를 빼앗아 돌로 박살을 냈잖소."

"그러고 나서 얼마나 부끄러웠는지요. 선생님이 바로 간디의 비폭력에 대해 말씀하셨으니까요."

"그랬나요?"

"맞습니다. 그리고 언젠가 내가 있는 곳에 오셔서는 초파일에 걸어놓은 연꽃등을 들고 돌아가셨지요. 밤길이 어둡지도 않고 자동차 불빛과 가로등 불빛이 그렇게 환한데도 등불을 들고 가시더군요."

"등불이라!"

함석헌이 짧게 중얼거렸다. 그러고는 더 이상 입을 열지 않았다.

새벽이 되어 예불을 드리고 참선을 끝낸 다음 밖으로 나가 보니, 어느새 일어난 함석헌이 곱게 핀 가을꽃을 바라보며 "참 곱다" 하고 있었다. 그저 바라만 보았다. 금방이라도 다가가 꽃잎을 만져보고 향기도 맡을 것 같은데 그저 곱다 소리만 했다.

"한 그루 떠드릴까요?" 했더니 웃으며 손을 내저었다.

"예전에 스님에게서 가져간 꽃들이 지천이라오."

함석헌이 돌아가고 나서야 알 것 같았다. 왜 꽃을 바라만 보았는지. 그 꽃향기로 어지러운 저잣거리는 구원받을 것이었다. 굳이 코를 갖다 대지 않아도, 꽃잎을 만져보지 않아도 꽃향기는 저잣거리로 내려가 깨달음이 될 것이었다. 그래서 어느 작가는 이렇게 읊었던가.

꽃에 코를 갖다 대지 말라.

향기를 맡으려는 자 영혼이 메마른 자이다.

꽃을 꺾지 말라.

그 소유욕이 그대를 짐승 되게 하리라.

그대에게 향기는 스스로 다가와

그대를 향기롭게 하리라.

깨달음은 그렇게 온다.

거울 사연

선원에서 거울을 바랑 속에 넣어 왔던 법정의 비밀이 밝혀진 것은 옛날 미래사에서 같이 수도하던 도반이 불일암을 찾으면서였다. 얼마 전 그 도반은 방송인 이계진이 진행하는 〈11시에 만납시다〉라는 프로그램에 법정이 출연한 것을 보았다. 옛날의 사미승이 이제는 텔레비전에 나올 정도로 유명인이 되어 있었다.

이계진이 법정에게 물었다.

"스님, 산중에서 홀로 사신다던데 어떻게 머리는 깎으셨습니까? 이발소에라도 갔다 오신 건가요?"

산중에 홀로 산다더니 어쩌면 이렇게 깔끔할까 싶어 물은 소리였다. 모양새가 너무 정갈했기 때문이다.

법정은 허허허 웃었다. 이 작자가 중이 제 머리를 못 깎는다는 말을 하고 있는 것이 아닌가.

"내 머리요? 내가 깎았지요."

"아니, 스님이 어떻게 손수……?"

"나는 남에게 내 머리를 맡겨놓지 못 합니다. 성질이 괴팍해서요."

"그럼 스님, 속담이 틀리지 않습니까?"

사실 불가에서 이런 질문은 금기 사항이었다. '중이 고기 맛을 보면 법당에 파리가 남아나지 않는다'는 표현이나 다를 바 없는 질문이었다. 물론 이계진이 불교를 무시해서 그런 것은 아니고, 원만한 진행을 하려다 보니 나온 질문이었다. 법정은 허허허 웃어 넘겼다.

방송이 나가고 얼마 후, 옛 도반이 법정이 있는 불일암을 찾았다. 그런데 방에 들어가 보니 선원에서 가져온 거울이 벽에 턱 하니 붙어 있는 게 아닌가.

"아니, 이 거울을 지금도 가지고 있소?"

도반이 물었다.

"왜, 가지고 있으면 안 되오?"

오히려 법정이 되물었다.

왜 법정이 이 거울에 그렇게 집착하는 걸까, 생각하며 도반은 무심결에 거울을 뒤집어보았다. 거울 뒷면에 다음과 같은 글이 적혀 있었다.

'처음 삭발한 날.'이 적혀 있었다.

그 아래 연도와 달과 날을 정확히 써놓았다.

처음 삭발한 날의 그 모습이 얼마나 대견하고 아름다웠으면 거울을 가방에 넣어 왔겠는가, 하는 생각에 도반은 더 이상 아무 말도 하지 못했다.

그날 밤 법정은 이런 말을 했다.

"나는 내 마음이 해이해지면 그 거울을 꺼내 보곤 했다오. 그러면 머리를 깎을 때의 신심이 칼날처럼 일어나곤 했지요."

초발심. 그 초발심을 잊지 않으려 거울을 가지고 있었다는 말이었다. 타성이란 무서운 것이다. 혼자 살면 사람은 게을러지기 십상이다. 그러면 타성이란 놈이 꼬리를 치기 시작한다. 자주성을 잃고 게으름의 늪에 갇히는 것은 시간문제다. 그래서 법정은 조금만 게을러져도 그 거울을 꺼내 보았다. 그렇게 그때의 환희가 되살아나 절망스런 현실을 이겨낼 수 있었다. 그는 다시 머리를 깎고 승으로서의 자세를 잊지 않을 수 있었던 것이다.

그래서일까. 법정은 한 번도 자세를 흩뜨려본 적이 없었다. 늘 주위를 정갈히 했으며 스님답게 행동하려고 노력했다. 가사나 장삼 하나를 입어도 풀을 먹이고 주름을 칼날같이 잡았다. 혼자 산다고 방만해지고 게을러지는 자신을 그 거울로 경계했다. 언제나 그 거울에 자신을 비춰 보며 스스로를 추슬렀다.

얼마 안 있어 이계진이 불일암을 찾아왔다. 와서 보니 듣던 대로 정말 단출한 삶이었다. 주위를 둘러보아도 책상 겸 식탁, 이불용 방석, 호롱불, 다기 외에는 가재도구가 없었다.

"불편하지 않으십니까?"

"주거 공간은 단순해야지요. 문명의 이기가 넘쳐나면 욕심이 생겨요. 이것도 가지고 싶고 저것도 들여놓고 싶어지죠. 거기에 신경을 쓰다 보면 정신 공간이 없어져버려요. 하지만 비어 있으면 온전한 자기를 누릴 수 있지요. 아무것도 갖지 않으면 다 가질 수 있다는 말이에요. 그게 텅 빈 충만이죠."

그렇게 말하고 스님은 차를 권했다. 차를 마시며 법정은 시 한 수를 읊었다.

한 잔의 차는 목과 입을 축여주고

두 잔의 차는 외롭지 않으며

석 잔째엔 가슴이 열리고

네 잔째는 기분이 상쾌해지며

다섯 잔째는 정신이 맑아지고

여섯 잔째는 신선과 통하며

일곱 잔째는 옆 겨드랑이에서 맑은 바람이 나온다네.

스님 한 말씀만 써주세요

달맞이꽃도 진 어느 날, 청춘 남녀 한 무리가 찾아들었다. 시도 때도 없이 찾아와 유명한 스님의 글이라도 받아가겠다며 떼를 쓰는 사람들이 있는지라 해가 진 뒤에는 절대로 손님을 받지 않았는데, 방심한 사이에 들이닥친 것이다.

하는 수 없이 차를 내고 이런저런 말을 나누었다. 실내에는 클래식 음악이 흘렀다. 본시 좋아하던 곡이었다.

여학생이 감탄하듯 말했다.

"어머머, 스님은 글만 잘 쓰시는 게 아니라 음악도 좋아하시나 보다."

그러자 제법 심각한 표정을 짓고 있던 남학생의 입가에

조롱기가 묻어났다. 중이 수행은 안 하고 무슨 클래식이냐는 경멸의 미소였다.

"학생은 무엇을 전공하는가?"

"철학과를 다닙니다."

입가에 조소를 물던 학생이 대답했다.

"중은 음악을 들으면 안 되는가?"

"그야……."

"혹시 행주좌와行住坐臥(가고 머물고 앉고 눕는 그 생활 자체가 수행이라는 말. 즉 '생활선')란 말을 아는가?"

글자를 나름 풀어보려고 머리를 굴리던 학생이, 잠시 후 "아뇨" 하고 명쾌하게 대답했다.

법정은 더 입을 열지 않았다.

학생들이 떠나갈 무렵, 한 여학생이 "스님, 한 말씀만 써주셔요" 하고 말했다.

장난기가 발동한 법정은 지필묵을 당겨 다음과 같이 썼다.

"스님, 한 말씀만 써주세요."

법정의 필치가 물 흐르듯 유연하고 능숙하다는 것은 세상이 다 아는 사실이다. 글씨를 보면 그 사람의 인품과 성격이 어느 정도 드러난다.

엄청난 글을 기대했던 여학생은 눈을 크게 뜨며 법정을 쳐다보았고, 남학생은 그럴 줄 알았다는 듯이 킥킥 웃었다.

여학생이 달라붙었다.

"스님, 장난치지 마시고요, 한 점만 써주세요."

"장난이라니? 어디 글씨가 장난으로 쓰고 말고 할 것이던가."

"스님, 그러지 말고 한 점만 써주세요."

"한 점?"

"예."

"그러지."

학생들이 잔뜩 기대하고 붓에 먹물을 듬뿍 찍는 법정을 지켜보았다. 법정은 속으로 웃음이 나왔다. 기대가 컸는지 산사가 갑자기 조용해졌다.

법정은 화선지 위로 붓을 가져갔다. 그러고는 점 하나를 꾹 찍었다. 붓을 놓으며 여학생에게 내밀자, 여학생은 어이가 없는지 한참 점을 내려다보다가 "이게 다예요?" 하고 물었다.

"한 점이라메?"

"아앙, 난 몰라……."

여학생은 울상을 지으며 발을 굴렀고 남학생은 또 킥킥거렸다. 그때 송광사에서 법정을 뵈러 스님들이 몰려왔다. 법정이 그들을 향해 벽력같이 소리쳤다.

"이 짐승들을 내쫓아라!"

들어서던 스님들은 깜짝 놀랐다. 그중에는 불일암에서 공양주 노릇을 하던 스님도 있었는데, 그렇게 대로한 스님의 음성은 들어 보기가 처음이었다.

불일암에 객이 오면 그는 매양 망설여야 했다. 왜냐면 객이 언제 갈지 모르기 때문이다. 그러면 법정이 힌트를 주었다.

"주무시고 가시지요. 밤에 달이 뜨면 달맞이꽃이 보기 좋습니다."

이내 대답이 나온다.

"그럴까요?"

그럼 저녁을 지어야 한다. 반면 "불일암까지 오는 데 몇 시간 걸렸어요?" 하고 물으면 객을 곧 내려보낼 것이라는 사인이었다.

그렇게 사람을 보내면서도 배려를 잃지 않던 분이었는데, 갑자기 학생들을 가리키며 짐승들을 내쫓으라니.

학생들은 그 길로 쫓겨났지만 그들이 무엇 때문에 쫓겨났는지는 스님들도 알 수가 없었다. 학생들이 가면서 한

마디씩 했다.

"큰스님이라고 하더니 순 코미디 아냐? 장난도 아니고."

"그러니까 내 뭐라디. 중들이 그렇다니까."

이틀 후 한 보살이 내방했다. 몸이 좋았다. 역시 스님의 책을 읽고 감동을 받았다고 했다.

"그래요?"

법정은 이미 알고 있었다. 그러다가 끝에 가면 책을 내밀며 "옥서 한 줄만 남겨주세요"라고 한다. 그런데 이번에는 아니었다. 자신의 불명을 하나 지어달라고 했다.

"불명이 꼭 필요한가요?"

"예?"

법정의 물음을 이해 못 한 보살이 눈을 크게 떴다. 법정의 말은 그대의 이름 그 자체가 불명인데 따로 무슨 불명을 지으려 하느냐는 뜻이었다. 하지만 그 보살이 법정의 깊은 뜻을 이해할 리 없었다.

한국 불교의 병폐가 바로 여기에 있었다. 사람들의 생활 속으로 불교가 녹아들지 못한 원인이 여기 있었다. 절이 따로 있던가. 이 세상에 절 아닌 곳이 어디이며 승 아닌 이가 누구이던가. 꼭 머리를 깎고 승복을 걸쳐야 수도

승이고, 저잣거리에서 장사를 하면 수도승이 아닌가. 수도를 하기에는 오히려 거칠고 거친 저잣거리가 제격 아니던가.

법정은 지필묵을 당겨 다음과 같이 썼다.

'우량모優良母 보살!'

튼튼한 아이의 어머니가 되라는 말이었다.

그러던 어느 날 결정적인 일이 벌어졌다. 한 보살이 간곡한 엽서를 보내왔기에 그저 간단히 답장을 써 보냈다. 그 보살이 죽어가면서 이런 유언을 남겼다고 한다.

"내 위패 옆에 법정 큰스님이 친히 써 보내신 엽서를 놓아라." 소식을 들은 법정이 제일 먼저 떠올린 말은 '무엄'이었다. 내가 뭐기에, 하는 생각이 들었던 것이다. 스스로를 반성하는 시간이 길어졌다.

그 보살이 찾아와 물었었다.

"무소유가 무엇입니까?"

어떻게 설명할까 생각하던 법정은 어려운 말을 해도 못 알아들을 것 같아 예전 습작기 때 끄적거리던 설화 중에서 하나 골라 들려주었고 보살은 깊이 예를 취하고 돌아갔다.

그 보살이 떠난 뒤 법정은 그날의 노트를 꺼내 읽어보았다. 효봉 스님 몰래 쓰던 눈물겨운 글이었다.

봄 안개 같은

물론 먼 옛날의 이야기ㅡ.

나라가 태평하고 백성들이 평안한 고장이면 으레 그러듯이 그 나라에도 은혜로운 임금이 살고 있었다.

산골짝에서는 진달래가 붉게붉게 가슴을 태우고 있을 어느 봄날, 임금님은 다음같이 포근한 목소리로 담화를 발표했다.

"사랑하는 우리 형제들이시여! 저는 새봄을 맞이하여 우리 형제들에게 무엇인가를 베풀고 싶어졌읍니다. 누구든지 저의 집에 오셔서 보물을 한 웅큼씩 가져가시기를 즐거운 마음으로 기다리겠읍니다."

궁전에는 보물이 산더미처럼 쌓여 있어, 저마다 가벼운 기대를 가지고 새로운 임자들을 기다리고 있었다.

수많은 사람들이 날마다 뒤를 이어 와서, 요즘 우리네 풍속과는 달라, 공 것이지만 질서정연하게 한 웅큼씩의 보물을 가지고 즐겁게 돌아가곤 하였다.

며칠이 지나도 그 보물은 조금도 줄어드는 것 같지가 않았다. 그처럼 보물은 많았던 모양이다.

그때 한 사람의 젊은 수행자가 이 임금님의 나라로 들어왔다.

임금님은 이 수행자가 먼 나라로부터 와준 것을 기쁘게 여겨 몸소 맞아들이었다.

“무엇인가 바램이 있어 멀리서 오시게 되었을 텐데, 어서 사양 마시고 말씀해주십시오.”

“네, 저는 임금님께서 널리 보시를 하신다는 소문을 듣고 먼 나라에서 이렇게 찾아왔습니다. 실상 저는 이제까지 제 집이라는 걸 가져본 적이 없습니다. 그래서 보시를 얻게 되면 살 집을 하나 마련할까 합니다만…….” 임금님은 수행자의 말을 듣고 보물이 있는 곳으로 그를 안내하여 손수 한 웅큼을 가져가라고 하였다.

그는 산더미처럼 쌓인 보물 중에서 한 웅큼 가득 쥐고서 임금님에게 고마운 하직 인사를 하였다. 몇 걸음 가더니 무엇을 생각했음인지 그는 다시 되돌아와 그 보물을 조금 전에 가져가던 자리에다 놓는 것이었다. 임금님은 이상하게 여기면서 물었다.

“어째서 가지고 가지 않습니까?”

“임금님, 이 보물을 가지고는 오막살이집 한 채밖에 지을 수가 없습니다. 혹시 결혼해서 아내라도 맞이하게 된다면 집안이 비좁아서 살기에 불편할 것 같으므로 그만 돌려드리는 것입니다.”

“오 그러시겠습니다! 그러면 세 웅큼만 가져가십시오. 이제는 아내도 맞아들일 수 있을 테니까요.”

수행자는 세 웅큼의 보물을 가지고 가더니, 이내 또다시 되돌아왔다. 그리고 조금 전처럼 보물이 쌓여 있는 곳에다 놓는 것이다.

“어찌된 일입니까? 또 되돌아오시니.”

“이것을 가지고 아내를 얻을 수는 있습니다만, 먹고살 논밭도 없고 일꾼을 부리거나 가축을 기를 수가 없읍니다. 그런 것을 갖추려면 아무래도 모자랄 것 같아서 되돌려드리기로 했읍니다."

"그런 형편이라면 한 일곱 웅큼쯤 가지고 가시면 되겠습니까?"

수행자는 이번에는 일곱 웅큼의 보물을 가지고 떠났다. 그런데 이윽고 다시 되돌아와 아까처럼 가지고 갔던 보물을 제자리에 쏟아놓았다.

"아니 어떻게 된 일입니까? 그래도 모자랍니까?"

수행자는 이렇게 말하였다.

"임금님 덕분에 아내도 맞아들일 수 있고, 논밭을 가지고 일꾼도 데릴 수가 있겠지만, 어린애가 생기고 누가 죽거나 혹은 병을 앓게 된다면, 아무런 준비도 없읍니다. 차라리 아무것도 갖지 않은 편이 좋을 것 같아서 되돌려드리는 것입니다."

임금은 그 말을 듣고 한참 생각하더니 고개를 끄덕이면서 이렇게 말했다.

"여기 쌓여 있는 보물을 죄다 가져가십시오. 그렇다면 이제는 조금도 모자라지 않을 것입니다. 자 어서요."

그런데 이 젊은 수행자는 임금이 자기에게 주겠다고 승낙한 보물들을 죄다 가지고 갈 줄 알았더니, 왠걸 그대로 둔 채 물러가려고 하는 것이 아닌가. 임금님은 깜짝 놀라 그를 불러 세웠다.

"여보십시오. 도대체 어떻게 된 영문입니까? 이제 보물은 소용이 없습니까?" 젊은 수행자는 빙그레 미소를 지으며 임금님의 얼굴을 물끄러미 바라보는 것이다. 그 얼굴은 임금님이 이제까지 보아온 그 누구의 얼굴보다도 맑고 밝게 환히 빛나고 있었다.

수행자는 이윽고 입을 열었다.

"임금님 저는 임금님께서 베풀어 주신 그 많은 재물로써 제 생활의 바탕을 얻으려고 했읍니다. 그러나 곰곰 생각해보니 사람이 산다는 것은 얼마 되지 않은 동안입니다. 그리고 모든 것은 영원히 존속하는 것이 아니라 아침에는 저녁에 일어날 일조차 알 수가 없읍니다.

이런데도 그 많은 재물을 얻게 되면 얻은 그만큼 여러 가지 성가신 일들이 생길 것입니다. 욕망이란 휴일이 없다고 하지 않습니까? 그래서 전에 없던 괴롬이 닥쳐올 것 같습니다. 설사 보물이 산더미처럼 쌓여 있다 하더라도 결국은 아무런 소용도 없게 됩니다.

욕심을 부려 자신에게 괴로움을 더하기보다는 좀 아쉽더라도 마음을 조용히 갖는 편이 훨씬 행복하리라는 생각이 들어, 모처럼 제게 주신 보물들을 되돌려 드리게 된 것입니다."

임금님은 이 말에 크게 울림을 받아 그전보다 어진 정치를 하게 되었다. 물론 해마다 오곡이 풍성하게 무르익고 백성들은 태평성세를 노래하며 문을 걸어 닫는 풍속이 철거된 지는 이미 오래되었다. 이웃 간에 오손도손 다사로운 인정을 나누며, 사람이 살아가는 세상답게 살아갔다.

영 넘어에서는 봄 안개 같은 뻐꾸기 울음이 들릴 것도 같은데—.

—《법구비유경法句譬喩經》에서

_소소산인,《대한불교》, 1964년 4월 1일.

역시 푸성귀 냄새가 풍기는 풋내기 글이었다. 맞춤법도 엉망이고 글의 이음새나 띄어쓰기조차 제대로 안 된 그런 글이었다. 자신의 글이 그저 최고라는 생각만 들던 시절이 새삼스러웠다.

그런데 무소유를 묻고 이 설화를 듣고 간 보살이 물욕을 버렸다며 편지를 보내왔다. 그래서 늘 수행자처럼 청빈하게 살 것을 엽서에 적어 보냈는데, 죽어가면서 위패 곁에 그걸 놓으라고 했단다.

스승 효봉 스님이 생각났다. 선사로서 글을 멀리했던 사람. 그러나 끝내 글을 당겨 자신의 해탈을 글로 남기고 가버린 사람.

그의 역설. 그 역설과 한 인간을 인간답게 만들 수 있는 글.

그 무게가 무엇이 다를까. 이미 무방의 세계를 깨쳤을 때 그것을 알았지만, 수행승이 깨침에서 깨침으로만 머문다면 진정한 수행승이라 할 수 있겠는가. 그 깨침의 향기로 중생이 모두 깨친다 하더라도 도대체 깨침이라는 것이 무엇인가? 깨침을 보았는가? 깨침이 보이는 것이던가? 그래서 점차 깨닫는 길을 택했다. 몰록(별안간 한꺼번에 깨우침) 깨침보다는 하나하나 깨달아가는 길을 택했다. 그러다 보면 몰록 깨칠 날이 있을 것이다. 언젠가 보살처럼 눈을 떠 대장경판을 빨래판으로 보지 않을 날이 올 것이다. 백정은 살생을 함으로써 사대부들을 효성케 한다. 왜? 그들의 제사상에 소고기를 올려주기 때문이다. 내가 지금 글의 백정이 되었다고 해서 주저할 것이 무엇인가. 바로 이것이 내 몫이요, 수행의 길이라면.

초콜릿 하나 드릴까요?

법정은 그렇게 학승으로서 경을 읽으며 명상하고 수행하듯 글을 쓰면서 10여 년을 보냈다. 그동안 많은 변화가 있었다.

법정은 대나무 바람 소리를 들으며 그 바람 속에 역사를 만들었다. 국수를 삶아 양푼에 넣다 흘러내리면 그것을 주워 먹었다. 때로 송광사에서 스님들이 올라오면 그들과 어울려 감자와 고구마를 쪄 먹고 국수를 비벼 먹었다.

"스님, 이곳의 대바람 소리가 정말 좋아요."

그러던 공양주 보살이 비 오는 밤 벌벌 떨면서 법정을 찾았다.

"왜 그러십니까?"

"스님, 무서워요."

"무섭다니요?"

"귀, 귀신이 밤마다 운다니까요."

"네에? 아니, 보살님, 부처님이 계신데 무슨 말씀입니까. 귀신이 어딨다고."

"정말이라니까요."

"그런 소리 하려거든 산을 내려가세요."

그렇게 보살을 내려보냈다. 비가 오는 밤에 불일암 주위에서 음독자살한 젊은이 한 쌍이 나타나 괴롭힌다고 해서 떠나보낸 스님도 있었다.

지난 일로 요주의 인물에서 아직도 벗어나지 못했는지 간혹 사복형사가 불일암 주위를 배회하다가 돌아가곤 했지만, 욕심을 부리지 않으니 하루하루가 평안했다. 하루 종일 객이 사용할 수저도 만들고, 땅거미 질 때까지 개울가에서 돌을 주워 와 층계를 놓기도 했다. 돗자리를 깔고 녹차를 마시고, 가리지 않고 커피를 마시기도 했다. 주로 낮에는 홍차를 마시면서 불일암을 지켰다. 좋은 음악도 듣고, 좋은 글도 쓰고, 정신을 모아 참선도 하고…….

외국에도 몇 번 나갔다 왔다. 갈 때마다 초콜릿을 걸망에 넣어 갔다. 초콜릿의 용도는 엄청났다.

"초콜릿 하나 드릴까?"

만나는 사람마다 초콜릿을 건네주면 금세 얼굴이 환히 열린다. 고정관념에 사로잡혀 스님이 무슨 초콜릿이냐고 하던 사람도 그 보잘것 없는 초콜릿을 받아들고는 좋아한다. 울던 아이도 초콜릿을 건네면 웃고, 실연한 여인에게도 초콜릿은 희망이 된다.

말 잘하는 지묵 수좌의 이야기를 듣고 있으면 세월이 어디만큼 있는지 모르게 재밌다.

"왜 또 뜸을 들여? 재밌으니까 계속해, 얼른."

그러면 그의 이야기는 산을 넘고 강을 건너간다. 지묵 수좌가 미국 로스앤젤레스에 있는 고려사에 머물 때 운전면허증을 땄다기에 물었다.

"어떻게 땄어?"

지묵 수좌는 문제집을 가지고 한동안 공부해서 백점 만점을 받고 면허증을 땄다고 했다. 한데 아직도 젊어서인지 과속을 해댄다. 그때마다 속도를 줄이라고 충고했다. 주차장에 차를 세울 때도 삐뚜름하게 하지 말고 똑바로 대라고 했다. 그러면 그의 얼굴에 '스님은 너무 올곧아서 탈이야' 하는 표정이 그대로 보이지만 다음에는 어느새 그 버릇을 고쳤다. 그럴 때마다 인생은 그렇게 철들어 가나 보다 하는 생각이 들었다. 앞으로도 미움을 좀 받더라도 그렇게 살아야지 싶었다.

그래도 출판사 사장들에게 욕먹는 건 어쩔 수 없었다. 애들 장학금 때문에 인세를 달라고 호통을 쳤더니 '돈만 아는 중'이라고 욕을 해댄다는 소문이 들렸다. 그러든 말든 내가 당당한데 무엇이 문제이랴, 생각하며 세월을 살았다. 누가 무슨 욕을 하든 자신은 남을 위한 삶을 살아야 한다고 생각하며 무소유를 실천하려고 노력했다. 그랬기에 신도들이 법복이 너무 낡았다며 좋은 옷감으로 옷을 지어 오면 좋다고 받아놓고는 입어보지도 않고 다른 스님에게 주어버렸다.

겨울이 되어 눈이 내리고 계곡물이 얼어버리면 산짐승들이 물을 먹지 못할까봐 걱정하며 한밤중에 도끼를 메고 나간 적도 한두 번이 아니다. 지인이 들러 함께 잠을 자다가 법정이 한밤중에 도끼를 들고 나가는 것을 보고는 이상하게 여겨 계곡까지 뒤따른 적도 있다. 도끼로 얼음을 깨고 있으니까 지인은 그제야 소리쳤다.

"스님, 뭐하십니까?"

"구멍을 내려고."

"구멍은 왜요?"

"그럴 일이 있다네."

지인은 목마른 산짐승들이 그 구멍으로 물을 마신다는 걸 나중에야 알고는 합장을 했다.

사람이 홀로 살다 보면 게을러지기 마련이다. 뭘 먹으면 식곤증이 몰려오고 꾸벅꾸벅 졸게 된다. 내가 왜 이러나 하는 생각이 들고 그냥 쓰러져 한숨 자고도 싶지만, 이건 아니다 싶어 뒤꼍으로 나가 대나무로 수저를 만들기도 했다. 대나무라는 게 생긴 것만큼이나 한 성질한다. 졸다가는 상처가 나기 십상이다. 정신을 바짝 차리지 않으면 피를 보고 만다.

어떤 때는 개울로 나가 돌을 주워 왔다. 흙을 실어다 물로 개어 주워놓은 돌에 진흙을 발라가며 쌓아 올렸다. 그렇게 얼마 후에 해우소 하나가 완성되었다.

돌을 줍다가 손을 다치거나, 허리를 삐거나, 미끄러져 머리를 다치기도 했다. 그때마다 뼛속까지 외로움이 밀려들고 이러다 죽는 게 아닐까 싶어 겁이 덜컥 나기도 했다. 그러면 '아아, 아직도 나는 멀었구나, 생에 대한 미련에 떨고 있구나' 하고 생각했다. 소멸에 대한 두려움. 내 죽으면 물이 되고 불이 되고 흙이 되고 바람이 되어 자연과 하나가 될 터인데……. 그래도 두려웠다. 자연을 사랑한다고 하면서 자연으로 돌아가기는 두려워하는 모순. 그것이 산 생명체의 함정이었다.

어린 날이 생각났다. 한밤중에 정랑(화장실)에 가기가 그렇게 무서웠다. 그럼 꼭 할머니를 깨웠다.

"할매, 할매, 일어나보랑게."

"왜 그래싸?"

"정랑에 가야 한당게. 똥 마렵당게."

"요강에 싸."

"요강이 꽉 찼당게."

그럼 할머니는 새벽바람에 손자를 앞세우고 정랑 앞에서 두 손을 겨드랑이에 끼고 떨었다.

"할매 있는겨?"

"그랴. 빨랑 싸고 나오랑게."

"응, 할매."

"아이고, 다 잘 밤에 감자를 너무 많이 묵더랑게."

나중에 출가하여 절에 들어온 뒤에 《반야심경》에서 이런 글귀를 보았다.

… 반야바라밀다를 의지하므로 마음에 걸림이 없고, 걸림이 없으므로 두려움이 없어서 뒤바뀐 헛된 생각을 아주 떠나 완전한 열반에 들어가며, 과거-현재-미래의 모든 부처님도 이 반야바라밀다를 의지하므로 아뇩다라삼막삼보리를 얻느니라.

'아뇩다라삼막삼보리'가 무엇인가. 석가모니 부처님께서 깨달으신 진리의 이름이다. 그 안에는 무지한 중생을 구하려는 원대한 서원이 숨쉬고 있다.

그런데도 아직 중생은 그 뜻을 모르고 자기 생명 귀한 줄만 안다. 자신이 자연의 일부임을 알면서도 자연을 훼손하는 이유가 거기에 있다. 이는 부처님의 가르침을 애초부터 놓쳐버린 결과다. 부처님은 걸림이 없다면 공포도 없고 그 헛된 생각은 깨달음이 된다고 말하고 있다.

그렇게 법정은 아직도 미망에 찬 자신을 다스리고 추슬렀다. 소유에서 완전한 무소유로 가고자 했다. 더욱더 맑고 향기롭게 살기를 원했다. 맑고 향기롭게 사는 것이 삶의 궁극적 원리임을 가르치고 싶었다. 그것이 목표가 되지 않는 한 맑고 향기로운 세상은 오지 않을 것이었다. 맑고 향기로운 세상. 그 세상이 바로 정토, 부처님의 세상이었다.

법정은 그 세상을 위해 참선과 글쓰기를 병행했다. 그때 나온 책들이 《불타 석가모니》, 《무소유》 개정판, 《서 있는 사람들》 등이었다.

샘터사에서 나온 문고본 《불타 석가모니》는 일본 작가 와타나베 쇼코의 작품이다. 그는 1930년 도쿄대학 문학부 인도철학과를 졸업한 사람이다. 작가의 전공이 인도철학과 불교이니만큼 불교와 인도 사상 전반에 걸친 해박

한 지식이 돋보이는 작품이었다. 무엇보다 석가모니의 사상과 가르침이 제대로 기술되어 있었다. 석가모니 부처님이 그 당시 어떻게 살았는지, 그 시대 사회에 어떤 영향을 끼쳤는지 부처님의 생애를 통해 작품 속에 오롯이 담겨 있었다. 그렇다고 한 사람의 생애를 조명하는 연대기적 전기는 아니었다. 석가모니가 살았던 시대와 그때의 사회상, 석가모니의 활동상이 살아 있었다. 뿐만 아니라 석가모니의 종교적 활동을 통해 형성된 불교 사상의 뿌리를 깊이 있게 드러냈다.

다음 해에 《무소유》를 재출간하고, 1978년에는 간간이 써놓은 수상들을 모아 또 한 권의 수필집을 완성했다. 《서 있는 사람들》이었다. 《무소유》를 낼 때도 그랬지만, 수상집을 또다시 출간한다고 하자 군사독재 정권의 눈초리가 곱지 않았다. 수상집이라고는 하지만 사람들을 선동하는 책이 아닌가 의심하는 시선이 느껴졌다.

그런 세월이었다. 할 말을 하지 못하고 쓰고 싶은 글을 마음대로 쓸 수 없는 세월이었다. 그럼에도 할 말은 해야 했기에 눈치채지 못하게 문장 속에 부조리한 사회에 대한 비판의 목소리를 숨기고 비유로써 본의를 숨겼다. 군사독재에 갇혀 제자리를 찾지 못한 사람들, 그들의 아픈 마음을 어루만지고 치유하고 싶은 생각에 쓴 책이었다.

그래서 아무리 펜대에 힘을 빼도 비겁한 지식인의 허상이 책장 속을 돌아다녔다. 눈치 빠른 누군가는 종교인이 아니라면 이념과 현실을 뛰어넘어 부조리한 사회에 대한 비판의 목소리를 이렇게까지 높일 수 없을 것이라고 했고, 다른 누군가는 상징적 표현들을 씹다 보면 비겁한 지식인의 허상이 보이고 부도덕한 정치에 대한 신랄한 비판의 목소리가 들리며 암울한 시대 상황이 느껴진다고 했다. 당시의 암울한 시대상이 고스란히 느껴지는 점은 그의 책만이 갖는 중요한 의미라고도 했다.

1983년에 샘터사에서 《산방한담》을 냈다. 산골 작은 오두막에서 무소유의 삶을 실천하려는 생활상을 기록한 책이었다. 자연과 함께 하면서 얻은 자연의 가르침을 짧은 산문 형식으로 그렸다. 밝은 햇살과 결 좋은 바람, 계곡물 소리, 다람쥐가 재롱부리고 새와 산짐승이 노니는 청정한 산골짜기의 정기가 듬뿍 스민 수상집이었다. 단순하고 소박하게 살며 그저 나 자신이고 싶다는 법음이 느껴지는 책이었다.

수녀의 출가

어느 날, 한때 수녀 생활을 했다는 여인이 불일암을 찾아왔다. 법정은 종교의 편향에서 벗어나 내 종교, 남의 종교를 가리지 않았기에 자연히 김수환 추기경을 비롯하여 춘천교구장을 맡고 있는 장익 주교, 그밖의 목사와 신부, 수녀들과도 친분이 두터웠다. 그래서 수녀의 방문이 그리 낯설지 않았다.

"어서 오세요."

먼저 합장하며 인사를 했다. 수녀는 불상과 함께 예수와 마리아 상이 함께 모셔진 걸 보고는 환하게 웃었다.

"정말 듣던 대로네요."

수녀는 자신의 이름을 '일아'라고 밝혔다. 법정이 방문한 용건을 물으니, 개종을 하고 싶다고 했다.

"개종을 하고 싶다니요?"

수녀는 잠시 고개를 숙이고 있다가 입을 열었다. 수녀의 아버지는 이름만 대면 알 정도로 유명한 정치인이고 자신은 서울여대를 나왔다고 했다.

"대학 다닐 때부터 목이 말랐어요. 문학에 미쳤고, 영화에 미쳤고, 음악에도 미쳤었죠. 그런데 계속 목이 말랐어요. 무엇을 하건 '완전한 인간'에 대한 갈망이 채워지질 않는 거예요. 그런 저에게 아버지는 시집이나 가라고 했지요. 결혼은 할 수 없었어요."

"그럼요?"

"수도자가 되기로 했지요. 여승이 되면 머리를 빡빡 깎는 게 싫어서 수녀가 되기로 했어요. 집에서 난리가 났지요. 어머니는 몸져 눕고, 오빠는 이게 길러준 부모님에 대한 보답이냐며 뺨을 때렸어요. 아버지가 가위를 들고 머리카락을 잘라버리겠다고 했을 때는 차라리 잘됐다고 했지요. 머리를 자르면 여승이 되면 될 거 아니냐고. 결국 아버지도 저를 말리지 못했지요."

그녀는 서울 샬트르 성 바오로 수도원에 입회했고, 가톨릭 신학원을 졸업한 뒤 수녀가 되었다.

"수녀 생활을 한 지 벌써 7년 가량 된답니다. 그러나 종신서원을 하진 못 했어요."

"왜 못 하셨나요?"

"물론 가톨릭은 매력적인 종교였어요. 2천 년간 이어온 가톨릭의 전통에는 분명 힘이 있었어요."

"그런데요?"

"그런데 제 적성에 맞질 않았어요."

"적성에 맞지 않다니요?"

법정은 수녀에게 그런 신심을 가지고는 어떤 종교를 택해도 마찬가지일 거라고 이야기했다. 수녀는 가만히 한숨을 쉬었다.

"아무튼 그랬어요. 그곳에서도 해답은 못 찾을 것 같았어요. 그만큼 절실했다고나 할까요."

법정은 그녀가 종교 지상주의에 사로잡힌 것인지도 모른다고 생각했다. 하지만 '절실'이라는 말이 가슴에 남았다.

절실. 하기야 하느님이나 예수님, 마리아가 눈앞에 나타나는 것도, 해답을 주는 것도 아니니 무조건적인 믿음이 답답하기도 했으리라. 하지만 불교도 마찬가지 아닌가. 깨달음이나 깨침을 얻기가 어디 쉽던가. 부처님이 나타나 손을 잡아주는 것도 아니고.

"아무튼 그래서 이리로 왔습니다. 수도회 수련원에서

도서관 소임을 맡은 적이 있는데 그때 스님 책을 많이 읽었거든요. 당시 수녀님들 사이에서 법정 스님은 인기가 좋았지요."

법정은 머리를 내저었다. 그녀가 왜 그러느냐는 표정으로 쳐다보았다.

"저는 중입니다만 어떤 종교도 부정하지 않는 사람입니다. 길은 여러 갈래지만 그 귀착점은 하나라고 생각하니까요."

"저더러 돌아가라는 말씀인가요?"

"그렇습니다."

그녀가 머리를 내저었다.

"이미 엎질러진 물입니다. 스님 눈에는 제 행동이 감상적으로 보일지 모르겠습니다만 사실 그렇지 않습니다. 저도 공부는 할 만큼 했어요. 불교를 공부해보고 싶은 마음을 이해해주세요."

"글쎄요, 그건 이해의 차원이 아닌 것 같군요."

그녀가 고개를 끄덕였다.

"실천을 말씀하시는군요."

"그렇습니다. 모든 종교는 실천하는 데 그 뜻이 있다고 생각합니다. 가톨릭이 사랑을 실천하고 있다면 불교는 자비를 실천함으로써 사명을 다하고 있지 않습니까. 또 그렇기에 우리는 종교를 가지려는 것이고요. 귀결점은 같다고 생각합니다. 어느 길로 가나 그 귀결점에서 만나게 되어 있으니까요. 하지만 남을 이롭게 하는 것이 아니라 자기 자신만을 이롭게 하면 어떻게 될까요. 그것은 저 혼자만의 종교가 될 것입니다. 바로 독각이지요. 저는 그리스도교도 그 사명은 이타에 있다고 생각합니다. 남을 이롭게 하는 행위, 그 행위의 실현, 그게 뭘까요? 사랑 아닐까요. 하지만 그 사랑을 실현하려면 무엇보다 신심이 굳건해야 할 겁니다."

"제가 신심이 모자라 여기에 온 것이란 말씀인가요?"

"그대의 신앙심이 남을 이롭게 하는 행위에 있지 않고 자신을 이롭게만 하는 데 있으니 신심이 흔들리고 있다 그 말입니다."

"그렇습니다. 불교를 조금 공부해보니 보살은 남을 이롭게 하는 행위에 초점이 맞추어져 있더군요. 고통받는 중생이 있다면 내가 지옥에 가더라도 그를 구하겠다, 그것이 보살 정신이라고 하더군요. 하지만 저는 생각이 다릅니다. 어찌 내가 완전하지 않고 남을 도울 수 있을까요?"

"그 문제는 종교가 생긴 이래 화두가 되어온 질문입니다. 초기 불교 때는 자신이 깨치지 않고 어떻게 남을 제도

할 수 있겠느냐며 자기 수행에만 힘썼지요. 하지만 대승 불교가 들어오면서 나보다는 남, 남을 위한 이타행이 대두되었지요. 남을 이롭게 하는 행을 하다 보면 자연히 그것은 자신을 이롭게 하는 행이 되고 그럼으로 자신이 완성될 수 있다는 것이지요."

"바로 그것입니다. 저는 나를 완성치 않고 남을 도울 만한 그릇이 못 된다는 것입니다. 한번은 문둥이 마을에 가서 봉사할 기회가 생겼는데, 저는 겁이 나서 그들 곁에 가지도 못 했어요. 숨을 쉴 수 조차 없었습니다. 그런 내게 믿음이 부족해 그렇다고 손가락질합니다. 그때 깨달았지요. 아하, 나는 본시 큰 근기를 타고나지 못 했구나. 나를 완성하지 않고는 결코 사랑을 실천할 수 없는 성품을 타고났구나. 그래서 부처님은 중생을 제도할 때 그 중생의 근기를 보고 그에 맞는 가르침을 펴셨구나."

어쩔 수 없다는 생각이 들었다. 수행을 하면서 수없이 겪어온 것이지만 이는 사실 어제오늘의 문제가 아니었다. 소승은 자신이 먼저 깨닫지 않고 어떻게 중생을 제도하느냐고 부르짖은 반면, 대승은 불행한 중생을 구제하면서 점차로 자신도 깨달음의 세계로 나아가야 한다고 부르짖으니 보통 문제가 아니었다.

이치로 따지면 내가 지옥에 가는 한이 있어도 중생을

극락으로 보내겠다는 대승 사상이 옳아 보인다. 하지만 수행을 하다 보면 그 또한 서원에 지나지 않을 때가 있다. 그녀처럼 문둥병을 혐오하는 사람이 신심 하나만으로 문둥병 환자를 간호하기는 어렵기 때문이다. 생각 같아서는 수도원으로 다시 돌아가라 하고 싶었지만, 한편으로는 그 마음이 이해가 되어 지그시 눈을 감았다. 이것은 신심의 문제가 아니다 싶었다. 진리의 소망. 진리의 순례. 본질을 찾아가려는 간절한 소망의 소산이라 생각하면 타종교를 공부해보는 것도 좋은 경험이 될 것이라는 생각이 들었다.

법정은 편지를 한 통 써주었다.

여인은 그 편지를 들고 조계종 비구니 특별선원인 석남사를 찾아갔다. 그녀는 석남사에서 행자생활부터 시작했다. 밥하고, 청소하고, 빨래를 했다. 이미 가톨릭 수도원에서 해본 일이라 힘들 건 없었다.

행자생활을 마치고는 운문사 승가대학에 들어갔다. 그런데 이상했다. 기독교에서는 예수님의 직설이 담긴 '신약성경'을 배웠는데, 승가대학에서는 부처님 직설이 담긴 팔리어 초기 경전이 아니라 중국 선사들에 대해 가르쳤다. 사실 그녀가 궁금했던 것은 '붓다'라는 인물이었다.

그녀는 미얀마의 마하시명상센터로 떠났다. 그곳에서

부처님 당시의 초기 불교 수행법으로 목숨을 걸고 수행했다. 확실히 불교는 가톨릭과 달랐다. 수행의 종교라는 확신이 들었다.

그녀는 다시 태국의 위백아솜 위파사나 명상수도원으로 가서 수행을 했다. 그 뒤 미국으로 건너갔다. 로스앤젤레스 고려사에 법정이 와 있다는 말을 듣고는 한달음에 달려가 인사를 올렸다. 스님은 그녀에게, 뒤돌아보지 말고 앞으로 나아가라고 했다.

그길로 그녀는 뉴욕주립대학교 스토니브룩캠퍼스에서 종교학을 전공했다. 석박사 학위도 받았다. 그런 다음 LA 로메리카불교대학의 교수가 되었고, LA 갈릴리신학대학원에서 불교학을 가르치기도 했다. 그러면서 불교의 방대한 팔리어 경전에서 '알맹이'만 추리고 추려 번역한 《빠알리 경전》이라는 책을 출간했다.

나중에 안 사실이지만, 그녀는 불교 출판으로 명망이 높은 민족사에 원고를 맡기면서 책을 잘 만들어달라는 뜻으로 인세도 받지 않았다고 한다. 법정은 그 이야기를 듣고 고개를 끄덕였다. 자신의 길을 바로 찾은 그녀가 대견했던 것이다.

너의 발을 씻어주마

저작의 위력은 그렇게 특별한 사람에게만 미친 게 아니었다.

"스님 계십니까?"

해가 질 무렵 산을 넘어가는 석양의 아름다운 모습에 넋을 놓고 있는데 주인을 찾는 소리가 들려왔다. 나가보았더니 더벅머리 학생 하나가 서 있었다. 학생은 편지 한 통을 건넸다.

"뭐냐?"

"아버지가 전하라고 해서……."

말을 얼버무리는 얼굴이 어째 불안한 표정이었다.

편지를 보니 아는 사람이 보낸 것이었다. 사연인즉 못

된 짓이나 일삼는 이 망나니를 가르쳐 사람 좀 만들어달라는 내용이었다. 어찌나 못된 짓을 일삼는지 학교에서고 집에서고 더 이상 손댈 수가 없다는 말이었다.

법정은 아무 말도 하지 않고 밖으로 나갔다. 학생은 아버지가 보낸 편지의 내용을 대충 아는 것 같았다. 법정은 공양간으로 들어가 몸소 밥을 짓고 상을 차렸다.

"먹자."

스님에게 된통 당할 줄 알았던 학생은 밥까지 해다 주며 먹자고 하니 얼떨떨한 표정을 지었다. 밥을 먹으면서도 법정의 눈치를 살폈다.

법정은 말없이 저녁을 먹인 뒤 물을 데워 하복대야에 담았다. 다래헌 시절에 쓰던 양은 대야는 발을 씻거나 걸레를 빠는 데 쓰는 하복대야와 그보다 조금 크고 세수를 할 때 써온 상복대야가 있었다. 두 대야 다 오랜 세월이 흘렀지만 아직은 쓸 만했다.

법정은 학생 앞에 무릎을 꿇고 발을 씻어주겠다고 했다.

학생은 놀라 어쩔 줄 모르다가, "제가 씻을게요" 하고는 양말을 벗었다.

"이놈아, 싸움을 하다가 팔을 다쳤다면서."

그러자 학생의 눈에서는 주르륵 눈물이 흘러내렸다.

학생은 성한 팔로 발을 씻고는 하룻밤 자고 다음날 내

려갔다. 그리고 한동안 소식이 없었다. 나중에 학생의 아버지에게서 연락이 왔다. 법정에게 다녀간 뒤로 아이가 완전히 달라졌다고 했다. 아버지나 선생님이 훈계하기 전에 먼저 알아서 해서 어른들이 훈계할 일이 없어져버렸다는 것이다.

3장

불속의 꽃이 되어

인과

해변가에서 태어나서인지 가끔 물미역이 생각날 때가 있었다. 어릴 적 동무들과 함께 바위에 붙은 물미역을 따 먹던 입맛이 되살아나는 건지도 몰랐다. 미역을 초고추장에 찍어 먹다 보면 옛날 고향의 비린내를 맡는 것 같아 한 사발씩 먹어도 물리지를 않았다.

어느 날 한 신도가 물미역을 사 왔다. 물미역을 좋아한다는 걸 어떻게 알았는지 모를 일이었다. 물미역을 씻고 초고추장도 만들어서 밥상을 차려 마주앉았다. 식은 밥이지만 꿀맛이었다.

신도는 밥도 얻어먹었으니 설거지는 자신이 하겠다며 법정을 부엌에서 밀어냈다. 설거지를 마치고 그릇 정리를 하고 났는데, 방금 설거지를 끝낸 자리에 법정이 쭈그리고 앉아 무엇인가를 주워 먹고 있었다. 신도는 가까이 다가가 보고는 깜짝 놀랐다. 자신이 설거지하면서 흘려버린 밥알과 우거지를 그가 주워 먹고 있었던 것이다. 할 말을 잊고 멍하니 섰는데, 다 주워 먹고 난 법정은 말없이 오두막으로 들어갔다.

산을 내려간 신도는 법정이 무서워 해가 바뀌도록 다시 찾지 못 하다가, 친구들에게 떠밀리다시피해서 법정을 찾았다.

그날은 법정이 직접 국수를 삶았다. 그의 국수 삶는 실력은 세상 사람이 인정하는 바였다.

다른 이가 설거지를 하겠다는 걸 그녀는 자신이 하겠다고 억지를 부렸다. 그녀는 국수 한 가닥 내버리지 않았다. 어쩌다 국수가 바닥에 떨어지면 얼른 주워 입으로 가져갔다.

법정이 지나가다 보고는 웃으며 한마디 했다.

"어떡하누, 요즘 쥐 한 마리를 사귀었는데 그렇게 깨끗이 씻어버리면……."

그녀는 멍하니 법정을 쳐다보았다. 문득 어느 큰스님의 어린 시절 일화가 생각났다.

어릴 때 어머니를 따라 큰절에 갔는데, 공양주 일이라

도 해야 밥을 얻어먹을 수 있는 어려운 시절이었다. 아무리 절이라고 해도 애 딸린 공양주를 좋아할 리 없었다.

어머니가 일하는 사이 혼자 놀던 아이의 눈에 스님들이 벗어놓은 고무신이 보였다. 밭일을 했는지 온통 진흙투성이였다. 아이는 그것을 개천으로 들고 가 깨끗이 닦았다.

방에서 나온 스님들이 "누가 신발을 닦아놓은 게야?" 하고 묻자, 아이는 칭찬을 들을 줄 알고 "제가 닦았는데예" 하며 나섰다. "아니, 이놈이 시키지도 않은 일을 하네. 누가 너더러 신발을 닦아놓으랬어?"

아이는 스님들에게 호통을 듣고 매질을 당했다.

그래서 며칠 후에는 정말 깨끗한 신발을 가져다가 더러운 진흙을 잔뜩 묻혀놓았다. 아이가 숨어서 동정을 살피는데, 방에서 나온 스님들이 "아니, 신발이 왜 이래?" 하며 아이부터 찾더니 이번에도 매질을 했다.

깨끗이 해도 매를 들고 더럽혀도 매를 들자 이번에는 닦는 둥 마는 둥 해서 갖다놓았다. 그러자 왜 닦다가 말았느냐며 트집이었다. 아이는 깨끗하게 닦아도 청정이 아니고 더러워도 더러운 게 아님을 가르쳐주기 위해 스님들이 일부러 그랬다는 것을 알 리 없었다.

국수 그릇을 설거지하던 신도는, 버려도 타박이고 안 버려도 쥐 새끼 먹을 게 없다며 나무라니, 참 세상 이치가 이리도 어려울까 싶었다.

법정은 정말 그즈음 쥐와 친구를 하고 있었다. 여름 안거가 끝난 뒤라 절이 텅텅 비었는데, 어느 날 뒤꼍으로 가보니 주먹만한 쥐가 헌식돌 위의 음식 찌꺼기를 먹고 있었다. 적막한 공간에서 만난 생물체. 자신이나 쥐나, 모든 생명체가 뭐가 다르랴. 보통 헌식은 새나 다람쥐들이 먹는데, 그동안 놈이 와서 말끔히 청소를 했던 모양이다. 새들에게 모이를 주듯 먹이를 주었더니 겁도 없이 냠냠거렸다.

그 뒤로 쥐는 그 시간만 되면 먹을 걸 내놓으라는 듯이 법정을 만나러 왔다. 먹이를 계속 주다 보니 몸집이 보통 쥐의 세 곱은 되었고, 또 정도 들었다. 쥐는 인기척이 나도 도망갈 생각을 하지 않았다. "왔느냐" 하고 인사하면 빨리 음식을 달라는 듯이 찍찍거렸다. 먹이를 주고 곁으로 다가가도 도망가지 않았다.

하루는 쥐에게 설법을 했다. 너도 이제 쥐보를 벗고 내생에는 해탈해야 되지 않겠느냐고.

그런데 다음날 기이한 일이 벌어졌다. 쥐가 헌식돌 아래 죽어 있었다. 정말 이승의 생을 버려버린 것이다. 비로소 짐승보다 못한 사람이라는 말이 이해가 되었다. 거죽이 다를 뿐 생명의 근원은 조금도 다를 게 없다는 깨달음이었다. 쥐를 거두어 양지 바른 곳에 묻어주었다.

그리고 얼마 후에 어머니가 불일암으로 찾아왔다.

어머니

어머니는 아무 예고도 없이 불쑥 찾아왔다. 광주에 가는 길에 두어 번 뵌 적이 있는데, 그때 어머니는 골목 밖까지 따라 나오면서 눈물지었다. 그리고 꼬깃꼬깃 접은 돈을 아들의 손에 쥐여주었다. 그 돈은 쓸 수가 없었다. 오랫동안 간직하다가 어머니의 이름으로 시주를 했다. 그 어머니가 고모네 딸을 앞세우고 불일암까지 올라오신 것이다.

어머니를 모셔 들이고 손수 정성껏 밥을 짓고 국을 끓여 점심상을 차렸다. 어머니는 식사를 하면서 가끔 손수건으로 눈물을 훔쳤다.

"어째 외롭지 않냐?"

텅 빈 공간을 둘러보며 하는 말이었다.

"외롭긴요."

말은 그렇게 했지만 눈물이 앞을 가렸다. 자신이 속가에 있었다면 어머니는 며느리도, 손주도 보았을 터였다.

"참, 전에도 물어보려다 말았는데, 그 아이 말입니다……."

어머니가 대번에 알아듣고 고개를 끄덕였다.

"정란이?"

"예, 그 아이는 잘 삽니까?"

"너 출가하고 한동안 나와 살지 않았겄냐. 그나마 그것이라도 엄마 엄마 하며 살갑게 굴어 의지하고 살았당게."

"시집은 갔습니까?"

어머니가 고개를 끄덕였다.

"갔지. 성직이 형편이 좀 피고 집도 넓어 같이 살자혔는디……."

"괜히 미워했다는 생각에 항상 마음에 걸리더만요."

어머니가 서글프게 웃었다.

"사나가 뭐 그런 것에 신경 쓰고 있냐. 더욱이 속가 인연 끊은 사람이……. 인연이 그만해서겄지. 그래도 고거이 네 걱정을 수월찮이 하기는 했당게. 어디서 배곯는 건 아닌지 모르겄다고. 정이 무엇인지……."

하룻밤 지내고 가시라는 말에 어머니는 고개를 내저었다.

"내려가야지."

어머니는 행여 방해가 될까 걱정하고 어차피 헤어질 것이면 그날로 산을 내려가는 게 옳다고 생각한 모양이었다.

가지 말라는 듯 비가 내렸다. 점차 개울물이 불었다. 어느 사이에 노인이 징검다리를 건너기가 위태로울 정도로 물이 많아졌다.

법정은 바지를 걷어 올리고 어머니를 등에 업었다. 개울을 건너면서 어머니의 심장 뛰는 소리를 등으로 들었다. 등에 업힌 어머니는 바짝 마른 솔잎단처럼 가벼웠다. 마음이 아파 눈물이 흘러내렸다. 개울을 건너고 어머니의 손을 잡았다. 어머니의 눈에서 눈물이 흘러내렸다.

"가십시오."

어머니가 고개를 끄덕이며 말했다.

"때 굶지 마소."

눈물이 왈칵 쏟아졌다. 어린 시절, 그 가난하던 시절, 놉을 돌아야 겨우 아들 딸 보리밥이라도 먹일 수 있던 시절. 어머니에게는 자식들 때 굶기는 것이 가장 마음 아픈 일이었으리라.

멀어지는 어머니를 오래도록 바라보았다. 법정은 마음 속으로 되뇌었다. 자신이 출가할 때 약속한 그 말을.

'어머니, 언젠가는 돌아가리다. 이 방황이 끝나는 날.'

돌아오는 길에도 비가 내렸다.

비는 좀처럼 그칠 것 같지 않았다. 어스름이 내리고 어둠이 점령군처럼 세상을 뒤덮자 추녀 끝에서 낙수가 눈물처럼 떨어져 내렸다. 가지 말라고 내리던 비는 빗발이 더욱 굵어졌다.

떨어지는 것은 낙수만이 아니었다. 법정의 가슴속에서도 눈물이 떨어져 내렸다. 빗속으로 사라지던 어머니, 법정은 그 어머니의 모습이 사라질까봐 두 눈을 감고 그 밤을 보냈다.

낙수는 새벽녘이 되어도 그칠 줄을 몰랐다.

미소 지으며 가노라

《화엄경》을 완간한 탄허 스님이 돌연 열반에 들었다는 소식이 들렸다. 스스로 예언한 대로 일흔하나가 되는 1983년, 계해년 음력 4월 24일 유시였다.

도가 얼마나 깊었으면 자신이 예언한 종명일에 정확히 입적했을까 하는 생각이 들었다. 그러자 구산 사형에 대한 예언이 떠올랐다. 탄허 스님이 가는 해에 구산 사형도 갈 것이라고 하지 않았던가.

아니나 다를까. 구산 사형은 74세이던 1982년 3차 미주 순방 끝에 유럽 쪽으로 발길을 넓힐 때까지만 해도 건강했다. 그런데 1983년 가을부터 미질微疾을 보이더니, 삼칠일 정진 후 세연이 다함을 유언했다. 그리고 12월 16

일(음력 11월 13일) 오후 6시 25분, 송광사 삼일암에서 입적했다. 세수 일흔다섯이요, 법랍은 마흔일곱이었다.

문도들과 사리를 거두어 적광탑과 탑전을 건립했다. '이뭣고' 화두를 들고 수도 생활에 정진하면서 가는 곳마다 절을 짓고 가람 수호에 힘쓰던 사람. 일 수좌. '일에 미쳐버린 스님'이라는 별명으로 불릴 만큼 잠시도 쉴 줄 모르던 사람. 언제나 대중과 함께 호흡하며 예불하고 울력하고 공양하면서 동사섭의 덕을 닦던 사람. 그가 세상을 버린 것이다.

그는 가면서 법정에게 송광사 수련원을 맡으라고 했다. 싫다고 했지만 구산 사형은 억지로 맡기듯이 했다.

"맡아."

구산 사형은 그렇게 한마디하고는 대답도 듣지 않고 가버렸다. 수련원은 구산 사형이 시작한 것이었다.

사형의 뜻을 받들어 법정은 수련원장직을 맡았다. 이왕 맡은 이상 잘해내고 싶었다. 그동안 출간한 책 때문인지 호응이 괜찮았다. 해마다 사람이 늘었다.

불일암에 안거 중이던 1985년 겨울 어느 날, 법정은 어머니가 위독하다는 소식을 들었다. 주위에서 어서 집에 다녀오라고 재촉했지만, 법정은 "안거 중이지 않은가"라는 말로 일축했다.

다음 날 어머니가 돌아가셨다는 소식을 들었다. 법정은 이미 돌아가신 분이 내가 간다고 살아 돌아오시겠느냐며 수행을 계속했다. 그는 속으로 울었다.

'아, 이제는 내 생명의 뿌리가 꺾였구나.'

그런 생각이 들자 더욱 설움이 북받쳤다. 그럼에도 법정은 가지 않았다. 대신 사람을 보냈다. 비정하다고 해도 할 말이 없었다. 아니, 비정하다는 소리를 들었다. 하지만 중은 안거 중에 결코 선방을 비울 수 없는 법이었다.

안거에 들어가기 전, 어머니를 모시는 동생이 직장을 대전으로 옮겼다고 해서 마침 대전 가는 길에 잠시 뵈었는데, 그때부터 몸이 좋지 않았던 모양이었다. 그때 얼굴을 보니 많이 늙으신 것 같았다. 골 깊은 주름살이 세월의 연륜을 말해주고 있었다. 아니, 어머니가 겪어 온 고난의 연륜을 말해주고 있었다. 살이 뒤틀리고 뼈가 빠지도록 온갖 수모를 겪어가며 대학 공부까지 시켜놓은 아들이 산으로 들어가버렸을 때 그 마음이 오죽했으랴.

할머니는 손자를 그리워하다 돌아가셨고, 작은아버지에게 받아 쓰던 생활비도 끊겼을 것이다. 속으로 피눈물을 흘리며 원망했을 아들을 마침내 앞에 두고도 결코 원망을 내보이지 않던 어머니였다. 그것이 부모의 사랑이요 자비가 아닐까 싶었다. 사랑은 고통이라고 누가 말했던가. 원망이 고통을 넘어 사랑이 될 때 진정한 부처의 자비가 일어나는 것일까.

어머니는 아들을 아들이라고 부르지도 않았다.

“스님, 집안사람 중에 부처님을 믿고 머리 깎는 사람이 나오면 삼대가 구원받는다는디, 모다 구원해주소.”

법정은 할 말이 없었다.

“이제 다 살았는데 뭘 바라겄소. 부디 부처되어 미련한 중생을 구해주소. 아이고, 나무아미타불!”

어머니는 아들에게 두 손을 모았다.

법정은 그 합장을 두 손으로 안았다. 어머니의 갈퀴 같은 손이 참 억세다는 생각이 들었다. 법정의 손등 위로 어머니의 눈물이 떨어져 내렸다.

“울지 마세요. 육신이란 옷과 같아요. 옷이 남루하면 벗고 다시 입는 겁니다. 우리 인연이 끝나는 게 아닙니다.”

어머니가 눈을 감으며 고개를 끄덕였다.

“후생에도 내 아들로 태어나면 을매나 좋을꼬.”

그것이 그가 기억하는 어머니의 마지막 모습이었다.

문을 나서 모퉁이를 돌아서며 뒤돌아보니, 부축을 받은 어머니가 빈 나무처럼 서서 어서 가라고 손을 내젓고 있었다. 그 모습이 꼭 어서 오너라, 어서 오너라, 하고 부르는 것 같았다.

안거 내내 마음이 아팠다. 아픈 마음을 선정으로 다스렸다.

법정이 어머니의 천도재에 간 것은 안거가 끝나고 나서였다. 아들에 대한 원망으로 눈도 못 감았을지 모르는 어머니의 영혼을 위해서였다.

사십구재를 위해 들른 신림동 친척집에는 고향 사람들이 모여 있었다. 실컷 고생하며 공부시켜놓았더니 기껏 중이나 되겠다고 하느냐며 고함치던 작은아버지도 작은어머니도 보이지 않았지만 사촌 누나와 동생 란이, 그리고 경찰이 된 사촌 동생이 자리에 있었다. 법정이 들어서자 하나같이 놀라는 표정이었다. 예수교를 믿는 사람들은 마귀라도 본 표정이었고, 불교를 믿는 사람들은 부처를 보듯 했다. 경찰이 된 사촌 동생이 반갑게 맞았다.

법정은 그들에게 남의 종교, 내 종교를 분별하며 서로 비방하지 말라고 말했다. 어느 길로 가나 진리는 한가지며 신심을 가지고 자기 종교에 귀의하다 보면 귀결점에서 다 함께 만날 수 있다고 했다. 친척들은 무슨 귀신 씻나락 까먹는 소리냐는 표정이었다.

돌아오는 길이 왠지 쓸쓸했다. 어머니의 천도를 했다지

만 그분은 떠나지 못하고 아들만 바라보고 있는 것만 같아 돌아보고 또 돌아보았다. 돌아가실 때까지도 "우리 재철이 한 번만 보고 죽으면 원이 없겠다"고 입버릇처럼 말했다는 어머니, 의식이 돌아오면 "재철이 아직 안 온겨?" 그렇게 묻고 또 묻다가 눈을 감았다는 어머니.

돌아와 가부좌를 틀어도 어머니의 모습이 자꾸 떠올랐다. 입속에서도 어머니 소리가 그치지를 않았다.

아! 어머니! 어머니! 어머니!

1986년에 《물소리 바람소리》란 수상집을 샘터사에서 냈다. 자연으로 돌아온 후 그 자연 속에서 살아보았지만 역시 영원한 것은 아무것도 없더라는 메시지가 담긴 글들이었다. 그렇기에 오늘 살아 있음에 감사하고 그 삶의 한때를 사랑하며 최선을 다해야 함을, 감성 어린 언어로 직조해냈다. 바로 그렇게 살아가는 것이 진정한 삶의 빛깔이요 무게라고 설파했다.

법정은 진정한 사유의 기쁨이 무엇인지 묻고, 지극히 사적인 이야기들을 통해 종교의 본질과 삶의 질을 사유했다.

자야의 사랑

어머니와 구산 사형 생각이 날수록 수련원 생활을 더 열심히 했다. 열심히 한 탓에 성과가 좋았다. 한 해 예닐곱 차례에 걸쳐 5백 명 이상이 참가할 정도였다. 4박 5일의 짧은 출가는 큰 호응을 얻으며 전국으로 퍼져 나갔다.

수련원장직을 그만둔 것은 1987년이었다. 보조사상연구원장 자리를 맡으면서였다.

보조 지눌이 누구인가. 바로 한국 불교의 종조다. 8백여 년 동안 종조로 모셔온 양반이다. 그런데 선승의 대표격인 성철 스님이 그를 독 있는 나무에 비유함으로써 종조를 부정해버렸다.

보조사상연구원장을 맡고 나서야 뭔가 확실해지는 느

낌이었다. 해마다 거듭되는 학승과 선승의 싸움. 알음알이는 필요 없다, 오로지 선정만 있을 뿐이다, 몰록 깨친다면 오랜 습기를 벗고 부처로 일어나리라. 선승의 주장은 그렇게 끝이 없었고, 학승들은 어떻게 부처를 모르고 깨침을 얻을 수 있느냐며 선승을 손가락질했다.

성철 스님은 비구들에게 경전을 읽지 못하게 했다. 그러나 법정은 머리를 내저었다. 그가 문자를 가까이해서가 아니었다. 사다리도 한 단계 한 단계 밟아야 목적지에 이르듯 깨달음도 점차 닦아 나감으로써 그 목적지에 이를 것이었다.

그런 그에게 어느 날 한 스님이 이런 말을 했다.

"법정 스님, 소문에 들으니 성철 스님은《법화경》에 나오는 사자의 비유를 들며 비구들에게 경전을 멀리하라고 또 질타했다고 합니다."

"그래?"

"이해가 안 됩니다. 자기 방에는 책을 산더미처럼 쌓아 놓고는……."

그 말을 들으면서 빙그레 웃음을 물었다. 언젠가 그에게서 들은 '무방無方'이라는 말. 성철 스님이 비유한 사자의 일화는 법정도 알았다.

어미를 잃은 어린 사자가 양 무리에 섞인다. 양의 젖을 먹고 자라면서 사자는 자신이 양이라고 생각했다. 성장한 사자는 어느 날 사자 무리를 보았다. 비로소 자신이 양이 아니라 사자임을 알았다.

그러니까 사람은 나면서부터 사자 같은 존재라는 것이다. 참선을 통해 몰록 사자라고 깨닫는 순간, 깨침의 세계가 열린다는 것이다. 한 번 사자가 되면 결코 다시 양이 되지 않는다는 말이었다.

하지만 양의 젖을 먹고 양의 문화를 익히면서 사자는 자신의 성정을 잃어버렸다. 진정한 사자가 되려면 사자 무리로 들어가 거듭 나야 한다. 그러려면 어차피 닦음이 필요하지 않은가.

성철 스님이 주장하는 몰록 깨침은 한순간에 온다고 하여 '돈오 頓悟'라 한다. 반대로 경전을 읽으며 점차로 닦아 나가는 것을 '점오 漸悟'라 한다.

탄허 스님을 만났을 때 비로소 보조 지눌이 왜 선교합일을 주장했는지 알 것 같았는데 새삼스러웠다. 그렇기에 법정은 법상에 앉을 때마다 돈오는 팔이 되고 점오는 다리가 되어야 한다고 강조했다.

"사실 한국 전통 불교는 그렇게 이어져오지 않았는가. 한 10년 경전을 읽는 것은 가닥을 잡기 위함이요, 만행을 하는 것은 인격을 도야함이요, 비로소 참선에 드는 것은 그 과정을 해탈의 경지로 가져가는 것이니 어찌 선과 교를 분리해 내다보겠는가."

그렇게 소리쳐도 여전히 선승은 선승대로, 학승은 학승대로 견해를 내세워 싸움을 멈추지 않았다.

누가 뭐라든 법정은 이 나라의 불교가 철저히 중생에게 맞춰져야 한다고 생각했다. 그렇지 않은 것은 자신의 개오開悪만을 바라는 독각獨覺의 산물이었다. 돈오가 어떻고 점오가 어떻고 하는 것 자체가 분별심의 산물이었다. 경전 한 줄이라도 쉽게 풀어 중생을 향해 던져야 한다고 생각했다. 맑은 언어로 말을 빚어 그들의 심성을 정화하고 부처의 세계로 이끌어야 한다고 생각했다. 그것이 바로 부처의 자비였다.

법정은 견문을 넓히려고 외국 출입도 자주 했다. 중생은 자신이 사는 곳에만 있는 것이 아니었다.

로스앤젤레스의 고려사에 머물 때 한 노부인이 와서 인사를 청했다.

"혹시 법정 스님 아니신지요?"

칠순쯤 되었을까. 안경을 끼고 범상치 않은 기운이 느껴지는 단아한 용모의 여자였다.

"누구십니까?"

"맞군요?"

"그렇습니다만……."

차를 마시면서 그녀의 이야기를 듣다 보니 귀를 의심하지 않을 수 없었다. 그녀는 자기 이름이 김영한이며, 성북동에 있는 대원각이란 요정의 주인이라고 밝혔다.

대원각이란 말에 법정은 속으로 고개를 갸웃했다. 대원각이라면 과거부터 정재계의 거물들이 드나들던 한국 제일의 요정이 아닌가. 1960년대 말 삼청각과 청운각에 비교되던 최고급 요정. 청와대 뒷길이던가. 삼청동에서 북악스카이웨이로 올라가는 길목이던가. 아, 삼청터널을 막 넘어가면 북악산 자락이 끝나는 성북동 기슭에 자리한 바로 그 대원각.

"저를 어떻게 아십니까?"

대원각 주인이 자신을 알 리 없다고 생각하며 법정이 물었다. 여인은 이렇게 대답했다.

"예전부터 《샘터》라는 잡지를 보았는데 거기 실린 스님의 글 때문이지요."

"그래요?"

"언젠가 '무소유'란 글을 읽었어요. 그때부터 스님을 한번 뵈었으면 했답니다."

"그런데 여긴 어떻게……?"

"이곳에 있는 지인이 자신이 다니는 절 이야기를 하기

에, 내가 '스님이라면 법정 스님 정도는 되어야지' 했지요. 그랬더니 《무소유》를 쓰신 법정 스님을 말하는 것이냐고 묻지 않겠어요? 그렇다고 하니, 무릎을 탁 치며 지금 자신이 다니는 절에 와 머물고 계시다고 하기에 이렇게 왔습니다."

"그렇군요."

"역시 내가 상상하던 모습이로군요."

"예?"

"글을 읽으면서 어떻게 생기셨을까 생각해보곤 했는데……."

"아, 그래요."

잠시 침묵이 흘렀다. 그사이 여인의 빈 찻잔에 법정이 차를 따랐다. 여인이 다소곳이 차를 마시고 잔을 놓으면서 침묵을 깼다.

"스님."

여인이 갑자기 비장한 어조로 법정을 불렀다. 법정이 시선을 들었다.

잠시 고개를 숙이고 있던 여인은 결심을 굳힌 듯 고개를 들어 법정을 똑바로 쳐다보았다.

"저는 사실 이렇게 스님과 마주할 수 없을 정도로 죄를 많이 지은 여자입니다."

"무슨 말씀이십니까?"

갑작스런 말에 약간 놀라서 묻자, 여인이 시선을 떨구었다. 여인은 잠시 뭔가 생각하다가 다시 시선을 들었다.

"이렇게 말씀드려서 어떨지 모르겠습니다. 제가 지금은 대원각의 주인이지만 젊을 때는 기생이었답니다."

여인의 돌발적인 말에 법정은 당황스러워 시선을 떨어뜨렸다. 법정은 대화를 나눌 때 좀처럼 시선을 피하는 법이 없었다. 자기중심만 확고하다면 당당해야 된다고 생각하는 사람이었다. 부끄러운 짓을 하지 않았다면 시선을 피하거나 고개를 숙일 이유가 없었다. 하지만 여인의 갑작스런 말은 사람을 기죽게 하는 그 무엇이 있었다.

여인이 다시 입을 열었다. 법정은 시선을 떨군 채 가만히 여인의 이야기를 들었다.

"일제 때입니다. 민족사의 암흑기에 태어났지요. 집안이 가난한 탓에 제 나이 열다섯에 몸이 약한 신랑에게 팔려 갔지요. 그런데 내가 우물가에서 빨래하는 사이에 남편은 우물에 빠져 죽고 말았답니다. 저는 열여섯 나이에 권번에 들어 기생이 되었어요. 그때 거기에 소리계의 전설적 인물인 하규일 스승님이 계셨어요. 조선 권번을 세운 이가 바로 그분이지요. 그분에게서 사라져가는 한국 전통음악을 배우고 궁중 아악과 가무 일체를 익혔습니다.

그렇게해서 기생이 되었는데 어느 날 한 시인을 만났지 뭡니까."

"시인?"

뜻밖의 말에 법정이 시선을 들었다.

"혹시 백석이란 분을 아시는지 모르겠군요."

"백석? 방금 백석이라 했습니까?"

여인이 고개를 주억거렸다.

"백석……."

왜 백석을 모르겠는가. 고등학교 무렵이던가. 문예반에 들어갔을 때 법정의 손에는 바로 백석의 시집이 들려 있었다. 원본은 1백 권 한정판이어서 어떻게 필사본을 구해 베껴 쓴 것이었다. 그 당시 누구든 시를 사랑하는 사람이라면 백석의 시 한 편은 외우고 있었다. 백석의 시라면 환장하고 베껴 쓰는 시인 지망생도 많았다. 나중 한국 현대시 백년사에서 우리 시인들에게 가장 큰 영향을 끼친 시집은 백석 시인의 《사슴》(1936)이라고 조사된 바도 있다. 법정은 그중에서도 백석의 〈나와 나타샤와 흰 당나귀〉를 가장 좋아했다.

나와 나타샤와 흰 당나귀

가난한 내가
아름다운 나타샤를 사랑해서
오늘밤은 푹푹 눈이 나린다
나타샤를 사랑은 하고

눈은 푹푹 날리고
나는 혼자 쓸쓸히 앉어 소주燒酒를 마신다
소주를 마시며 생각한다
나타샤와 나는
눈이 푹푹 쌓이는 밤 흰 당나귀를 타고
산골로 가자 출출이 우는 깊은 산골로 가 마가리에 살자

눈은 푹푹 나리고
나는 나타샤를 생각하고
나타샤가 아니 올 리 없다
언제 벌써 내 속에 고조곤히 와 이야기한다
산골로 가는 것은 세상한테 지는 것이 아니다
세상 같은 건 더러워 버리는 것이다

눈은 푹푹 나리고
아름다운 나타샤는 나를 사랑하고

법정이 알기로 백석은 본명이 백기행이고, 오산고보를 나와 도쿄로 건너가 영문학을 전공했다. 그리고 1930년《조선일보》신춘문예로 문단에 데뷔하여 조선일보 기자로 근무했다. 당시 백석은 난이라고 하는 여자를 사랑했는데 그녀가 동료 기자에게 시집가는 바람에 방탕하게 살다가 자야子夜라는 기생을 만나 사랑하게 되었다고 알고 있었다.

자야라는 여인은 부친을 일찍 여의고 할머니와 홀어머니 슬하에서 자랐다. 그런데 금광을 하는 친척에게 속아서 집안이 홀랑 넘어가는 바람에 열여섯 나이로 기생이 되었다. 자야는 교사들의 회식 장소에 나갔다가, 함흥 영생여고 영어 교사로 근무하던 백석과 운명적으로 만났다. 두 사람은 죽도록 사랑했지만 백석의 부모는 기생과 동거하는 아들을 용서하지 못했다. 백석은 강제로 다른 여자와 결혼하고도 자야를 잊지 못했다. 그래서 그녀에게 만주로 같이 도피하자고 했지만 자야는 백석을 위해 거절했고, 백석은 혼자 만주 신경으로 갔다.

해방이 되자 백석은 만주에서 고향 함흥으로 돌아왔다. 하지만 자야는 이미 서울로 떠나버린 뒤였다. 백석은 자야를 찾아 서울로 가려 했지만 이미 남북이 분단되어 만나지 못했다. 자야는 백석의 생일인 7월 1일이면 하루 종일 음식을 일절 입에 대지 않았다. 자야는 백석이 진정으로 사랑한 단 하나의 여인이었으며, 자야는 그렇게 백석에 대한 사랑을 평생 올곧게 간직했다. 전설처럼 떠돌던 백석과 자야에 대한 내력을 떠올리다가 법정이 확인하듯 물었다.

"방금 분명히 시인 백석이라고 하셨소?"

"그렇습니다."

"그럼 그대가 자야?"

여인이 눈을 감았다.

이럴 수가! 무의식적으로 찻잔을 들어올리는 손길이 떨렸다.

"믿을 수가 없구려."

법정은 자신도 모르게 뇌까렸다.

"사실입니다."

사실이라는 말이 환청처럼 들렸다. 토속적인 시어로 쓰인 백석의 시들. 난해하지 않은 그의 시를 읽고 얼마나 감동했던가. 그와 눈밭에 앉아 있는 것 같기도 하고, 밭두렁에 앉아 있는 것 같기도 했다. 그의 시는 읽으면 읽을수록 눈앞의 그림처럼 선명하게 그려졌다. 바람 소리가 들리기도 했다. 때로 개가 짖기도 하고, 계곡물 흘러가는 소리도 들렸다.

그런 시를 쓰던 천재 시인이 사랑한 여인, 그 여인이 앞에 앉아 있었다. 이제는 초라하게 늙은 모습으로. 한동안 침묵이 이어지고, 이번에는 법정이 입술을 뗐다.

"믿기지 않습니다만, 그대가 자야가 틀림없다면 부끄러운 일이군요. 내 글이야 그분 시에 비하면 아무것도 아니지요."

그녀가 머리를 내저었다.

"아닙니다. 스님의 글을 읽으면서 비로소 내 모습이 분명해지는 걸 느꼈습니다. 전 그 사람을 잊지 못해 평생 기방을 운영하며 돈을 벌었지만, 이 나이가 되니까 모든 것이 무상하다는 생각이 들더군요. 왜 그렇게 아득바득 돈을 벌려고 했는지……. 그래서 사실 스님을 더 만나고 싶었는지 모릅니다."

그 말이 조금 이상하게 느껴져 법정이 고개를 들었다.

"요정을 운영해 큰돈을 벌었지만 이제는 요정도 옛날 요정이 아닙니다. 전통은 사라지고 관광기생이 판치는 세상이 되어가고 있으니까요. 하지만 근본적인 문제는 그것이 아닙니다."

"예?"

"스님의 글을 읽을 때마다 내내 생각했답니다. 죄 많은 내 인생, 마지막으로 할 일이 무엇인가 하고."

"무슨 말씀이신지?"

"스님, 아무리 죄 많은 인생이라도 부처님 앞에 참회하면 그 죄를 용서받을 수 있다고 들었습니다. 그럴 수만 있다면 저는 재산 전부를 내놓고 싶은 심정입니다."

지금 무슨 말을 하느냐는 표정으로 법정은 여인을 쳐다보았다.

"요즘 들어 늘 상상해보는 일입니다. 장구와 가야금 소리, 고기 냄새와 욕정에 찌든 사내들의 웃음소리, 그들을 호리는 기녀들의 음기. 그렇게 더럽혀진 곳이긴 하지만, 그런 곳이라도 꽃이 피고 새가 와 울고 염불 소리가 낭랑하게 울러 퍼지는 곳이 될 수는 없을까 하고요."

여인이 똑바로 법정을 쳐다보았다. 두 사람의 시선이 마주쳤다.

"말씀드린 그대로입니다. 대원각 요정을 절로 내놓겠다는 것입니다."

"예?"

"아무 조건도 없습니다. 스님이 맡아만 주신다면……."

법정은 하하하 웃음을 터트렸다.

"제정신이 아니시군요."

여인이 고개를 내저었다.

"아닙니다. 진심입니다."

법정은 그녀를 멀거니 쳐다보다가 고개를 저었다.

"너무 갑작스러워서……."

법정이 말을 끝맺지 못하는데 못을 박는 듯한 여인의 음성이 들려왔다.

"물론 그렇겠지요. 갑작스러워 당황스럽겠지요. 하지만 저로서는 골백번도 더한 생각이고 결심입니다."

"글쎄요."

"갑자기 나타나 이런 말을 하니 어찌 당황스럽지 않겠어요."

여인이 이해한다는 듯이 말했다.

법정은 순간적으로 어떻게 말해야 될지 몰라 그냥 멀거니 앉아 있었다. 속으로는, 이건 현실이 아니야, 그렇게 말하고 있었다. 아니, 그럴 수 있다 하더라도 자신은 그럴 수 없다는 생각을 했다.

법정이 잔을 들어 차를 마시는데 여인이 찻잔을 내려놓으며 말했다.

"저를 못 믿어서 그러십니까?"

법정은 무슨 말이라도 해야 될 것 같아 좀 얼떨떨한 어조로 말했다.

"설령 진심이라고 해도 저는 그럴 만한 힘이 없는 사람입니다."

여인은 물러나지 않고 한 발짝 더 다가들었다. 작정을 하고 온 모양새였다.

"무소유 정신이야말로 스님의 힘이 아니겠습니까. 그 힘이 느껴지지 않았다면 이렇게 스님을 찾지도 않았을 겁니다. 제가 내놓으려는 대원각 요정의 대지가 7천 평이고, 시가로 따지면 1천억 원이 넘습니다."

갑자기 법정은 무서운 생각이 들었다. 무소유. 무소유의 힘. 그렇게 생각하다가 법정은 비로소 고개를 내저었다.

"무슨 말씀인지 적이 당황스럽습니다만 사실이라고 해도 저는 작은 절의 주지질도 못 해본 사람입니다. 그리고 그런 재산을 맡고 싶지도 않고요."

사실이었다. 재산이 천억이면 무엇할 것인가. 난초 한 분도 소유하지 못하는 자신이었다. 다시 그 무엇에 얽매이고 싶지 않았다. 또 얽매여 그 감당을 어찌할 것인가.

"스님이 받아주신다면 불교계에도 도움이 되지 않겠습니까."

"아닙니다. 전 자유롭고 싶군요. 찾아보면 그곳을 맡을 만한 분이 나설 겁니다. 그런 분을 찾아보시지요."

"아닙니다. 스님이 거부하신다면 마음이 변할 때까지

기다리겠습니다. 여기, 제 명함입니다."

여인은 가방에서 꺼낸 명함을 밀어놓고는 일어났다. 돌아가는 여인의 뒷모습을 법정은 말없이 바라보았다.

기생질로 벌어 들여 음기가 서린 재산을 부처님에게 바치겠단다. 한때 사랑했던 시인은 어디 있을까. 그 가난한 시인이 사랑했던 사람. 화주를 마시며 이루어질 수 없는 사랑에 울던 사람. 눈이 내리는 날 흰 당나귀를 타고 깊은 산골로 함께 가고 싶었던 나타샤는 바로 저 여인이 아니었을까.

잔잔한 애상이 가슴을 재우쳤다. 왜 그냥 해보는 말이라는 생각이 들지 않는지 모를 일이었다. 위대한 시인 백석, 그리고 자야. 아니, 그 때문만이 아니었다. 곡절 많게 살아온 그녀의 슬픔, 그 슬픔을 넘어선 그녀의 간절한 이야기. 비원이라고 할까. 위대한 비원이 담겼다고나 할까.

텅 빈 충만

대원각을 내놓겠다는 여인을 그대로 돌려보내기는 했지만 법정은 한동안 늪 속을 헤매는 느낌이었다. 그녀의 잔영이 의식의 끝을 물고 놓아주지 않았다. 그럴 수 있을까 싶었다. 글 한 편을 읽고 감동하여 자신의 전 재산을 내놓을 수 있을까. 마음을 비우기 위해 수행 생활을 하면서도 그놈의 소유욕 때문에 늘 마음의 고통에서 해방되지 못하는 자신이었다.

더욱이 음기가 서린 둥우리의 주인이 아닌가. 늙어지니까 인생이 무상함을 느껴 그럴지도 모르겠다 싶지만, 그래도 1천억이나 되는 재산을 내놓으려는 신심이 믿기지 않았다. 아니, 사실이라고 해도 그 엄청난 역사를 맡고 싶지 않았다. 그 역시 덧없다는 생각이 들었다. 참선이나 열심히 하고 글이나 더 치열히 써서 무명의 중생 하나라도 구하는 것이 자기답다는 생각이었다.

법정이《텅 빈 충만》을 내놓은 것은 그로부터 2년이 지난 1990년 3월 20일이었다. 어쩌면 그 여인으로 인해 더욱 열심히 참선하고 더 치열하게 글을 썼는지도 모른다.

오늘을 살아가는 사람들은 소유욕에 사로잡혀 채우려고만 한다. 그래서 웃고, 울고, 넘어지고, 일어나고, 죽고, 죽이고……. 그러나 때로는 비우려는 사람도 있다. 채우고 채운 그것이 덧없음을 깨닫고 비우려 한다. 자연의 섭리는 빛 같은 것. 그 빛으로 그 텅 빈 곳을 이제는 채우려 한다.

속속들이 읽어보지 않으면 앞서 내놓은 글과 별반 다를 바 없이 보일지도 모른다. 사람의 사고란 게 그렇다. 급격한 변모를 보일 수 없는 것이다. 그렇기에 여전히 자신의 체험이 녹아 있고 일상에 토대를 둔 글들이었다. 시국에 대한 평이나, 종교에 의지하는 교인들에 대한 당부나, 자연을 향한 무한한 애정이나, 소유에 중독된 일반인들에 대한 깨우침이나 그 논조와 골격에는 변함이 없었다. 그러나 분명하게 바뀐 부분이 있다. 무소유. 그 무소유마저 지워버렸을 때 그곳에 무엇이 차겠느냐고 법정은 묻고 있었다.

일신우일신日新又日新.

해답은 그 속에 있었다. 매일 새로움을 추구하여 외형상으로 채우라는 말이 아니었다. 이미 찬 것을 비워내고 거기에 새로운 빛을 넣고 또 넣으라는 말이었다. 욕심으로, 소유욕으로 진부해지기 쉬운 자신의 일상에서 벗어나 비우고 비워 그 속에 새로운 빛을 가득 채우고 그 빛으로 세상을 밝히라는 말이었다. 그래야 비로소 세상을 품을 수 있다고 법정은 말하고 있었다.

《텅 빈 충만》을 내고 그 이듬해에 《숫타니파타》와 《인도기행》을 출간했다.

《숫타니파타》는 번역서다. 누구나 쉽게 불교에 다가설 수 있었으면 하는 바람에서 낸 책이다. 불교에 관심을 가진 사람들에게는 불교 최초의 경전을 소개하고, 불교에 관심이 없다고 하더라도 부처님의 가르침을 전하고 싶은 생각에서 번역했다.

《인도기행》은 불교의 발원지인 인도를 둘러보고 와서 쓴 여행 산문집이다. 대원각 요정을 보시하겠다는 자야 여사의 말을 듣고 나서 그 생각을 떨쳐버리려는 듯 인도로 떠났는데, 사실 그때까지도 가슴 깊은 곳에서 진실하게 울려 나오는 듯한 그녀의 음성이 남아 있었다. 그래서 더 열심히 걸어 다녔는지도 모른다. 법정은 불타의 행적을 따라 보고, 듣고, 깨달은 바를 적었다. 진리는 단순하지만 실천은 어렵다던가. 위대한 종교가 탄생한 거대한 대륙을 돌아보면서 기록한 그들의 지혜는 《인도기행》이라는 책으로 빛을 보았다.

수류산방

수류화개水流花開, 물은 흐르고 꽃은 핀다.

1992년.

법정은 불일암에서 강원도 오대산 산골짜기의 오두막으로 옮겨 갔다. 그리고 '水流山房'이란 현판을 달았다. 그동안 출간된 책들로 제법 명성이 높아지면서 불일암으로 찾아오는 불자들이 많아지자 거처를 옮긴 것이다.

그들과 함께해야 한다고 생각하면서도 이건 아니다 싶어 지인에게 햇볕 잘 드는 산골짝의 토굴이라도 찾아보라고 했더니, 오대산 쪽에 화전민이 살다 버린 오두막이 하나 있다고 연락이 왔다. 법정은 아무에게도 알리지 않고 지인이 말해준 곳으로 갔다. 오대산 골짜기로 남몰래 숨어든 것이다.

평창군 진부면과 강릉시 연곡면을 연결하는 국도에서 멀리 떨어진 곳이었다. 물이 무릎까지 차는 계곡을 건너 오솔길을 따라 10여분 올라가자 산 중턱에 오두막이 하나 나타났다. 법정은 그곳에서 꼭 열하루를 지냈다. 처음에는 머물 만한 곳인지 잠시 살피러 갔는데, 하룻밤을 지내고 나니 마음이 달라졌다. 명당이었다. 자고 일어나니 몸이 그렇게 개운할 수가 없었다. 바람결이 곱고 계곡의 물소리가 자장가처럼 들렸다.

아침에 일어나기가 무섭게 30리 길을 걸어 장으로 가서 집수리에 필요한 연장들을 샀다. 먹을 것은 넉넉히 가져갔으므로 톱이나 망치, 도끼 등을 구했다. 불일암에서는 꼭 필요한 것만 가지고 왔다. 뚜껑이 있는 대바구니 석 짝도 아랫마을 사람에게 주고, 인도에서 사 온 염주마저 할머니에게 주고 왔다.

오대산의 화전민 터는 전기도 안 들어오는 곳이라 처음에는 불편했지만 점차 길이 들자 편안해졌다. 밤이면 참선을 하다 자고, 해가 뜨면 오두막을 고치고, 배가 고프면 국수를 삶아 먹었다. 다만 불일암을 떠나올 때가 4월이라 주변에 진달래가 지천이었는데, 그게 눈에 밟혔다.

손을 대기 시작하자 고칠 곳이 한두 군데가 아니었다.

누군가 살다 떠나버린 집이라 성한 곳 없이 다 쓰러져가고 있었다. 비가 오면 낡은 양철 지붕에 떨어지는 소리가 소란스러워 잠이 다 깰 지경이었다.

바로 앞에 계곡이 있었다. 그곳에서 들리는 물소리, 나무 사이를 가르는 바람 소리, 비라도 내리면 똑똑 떨어지는 낙숫물 소리, 이름 모를 새의 울음소리. 음악이었다. 자연이 내는 음악의 향연이었다.

결 좋은 바람 소리는 귀를 씻고, 계곡의 물소리는 그동안 낀 마음의 때를 씻어주었다.

오두막을 고치면서도 법정은 오두막 그대로의 모습을 살리려고 애썼다. 양철 지붕을 너와와 굴피로 대체하고 굴뚝도 굴피로 만들었다. 처마 밑에 난초가 새겨진 나무 현판을 달고, 처마에는 풍경을 달았다. 뜰에는 대나무 평상에다 직접 짠 작은 의자를 놓았다.

본채와 떨어진 흙으로 만든 해우소는 그대로 두었다. 들어가기 전에 '나 있다'라고 쓴 널빤지를 하나 달았다. 벽에는 '기도하라'는 작은 푯말을 걸어놓았다.

큰방은 서재 겸 침실로 사용했다. 옆방은 서재로 썼다. 되도록 단순하고 소박하게 꾸몄다. 꼭 필요한 것만 불일암에서 가져다 놓았다. 가능한 한 나답게 살고, 의지대로 자연스럽게 살고 싶었다.

때로 일이 있어 사하촌을 지나다 보면 인정 많은 할머니들이 차 한잔 하고 가라며 잡았지만 폐가 될까 싶어 정중히 사양하곤 했다. 날이 바뀌면서 가끔씩 영혼이 맑은 이들이 찾아오거나 편지를 보내왔다. 그중에서도 특히 반가운 것은 이해인 수녀가 보내는 편지였다.

법정 스님께

스님, 오늘은 하루 종일 비가 내립니다.
비 오는 날은 가벼운 옷을 입고 소설을 읽고 싶으시다던 스님,
꼿꼿이 앉아 읽지 말고 누워서 먼 산을 바라보며
두런두런 소리 내어 읽어야 제맛이 난다고 하시던 스님.
가끔 삶이 지루하거나 무기력해지면
밭에 나가 흙을 만지고 흙냄새를 맡아보라고 스님은 자주 말씀하셨지요.
며칠 전엔 스님의 책을 읽다가 문득 생각이 나
오래 묵혀둔 스님의 편지들을 다시 읽어보니
하나같이 한 폭의 아름다운 수채화를 닮은 스님의 수필처럼
향기로운 빛과 여운을 남기는 것들이었습니다.
언젠가 제가 감당하기 힘든 일로 괴로워할 때
회색 줄무늬의 정갈한 한지에 정성껏 써 보내주신 글은

불교의 스님이면서도 어찌나 가톨릭적인 용어로 씌어 있는지
새삼 감탄하지 않을 수 없었습니다.
수년 전 저와 함께 가르멜수녀원에 가서 강의를 하셨을 때도
'눈 감고 들으면 그대로 가톨릭 수사님의 말씀'이라고
그곳 수녀들이 표현했던 일이 떠오릅니다.
왠지 제 자신에 대한 실망이 깊어져서 우울해 있는 요즘의 제게 스님의 이 글은 새로운 느낌으로 다가오고, 잔잔한 깨우침과 기쁨을 줍니다.
어느 해 여름,
노란 달맞이꽃이 바람 속에 쇄아쇄아 소리를 내며 피어나는 모습을 스님과 함께 지켜보던 불일암의 그 고요한 뜰을 그리워하며
무척 오랜만에 인사 올립니다.
이젠 주소도 모르는 강원도 산골짜기로 들어가신 데다가
난해한 흘림체인 제 글씨를
늘처럼 못마땅해하시고 나무라실까 지레 걱정도 되어서 아예 접어두고 지냈지요.
스님, 언젠가 또 광안리에 오시어 이곳 여러 자매들과
스님의 표현대로 '현품대조'도 하시고,
스님께서 펼치시는 '맑고 향기롭게'의 청정한 이야기도 들려주시길 기대해봅니다.

이곳은 바다가 가까우니 스님께서 좋아하시는 물미역도 많이 드릴 테니까요.

편지를 읽고 나니 잔잔한 애상이 가슴을 재우친다.

'내가 이 사람을 처음 본 것이 언제였더라.'

아마 불일암에 있을 때이지 싶다. 1976년이던가. 어느 날 문득《민들레의 영토》란 시집과 편지를 받았다. 곧장 답장을 보냈고, 그게 인연의 시작이었을 것이다.

처음 본 그녀는 참 맑은 느낌이었다. 첫 만남은 어색했다. 그녀가 사온 포도를 씻어 마주 앉았는데 괜히 멋쩍어 포도만 먹었다. 그녀의 눈에는 화가 난 사람처럼 보였을 수도 있다. 그랬다. 아니, 광안리 해변가에서 그런 말을 한 적이 있다. 아마도 부산 성 베네딕도 수녀원을 방문한 때였으리라.

그때 광안리 해변을 함께 걸었다. 그녀가 먼저 걷자고 했다. 그때 그런 말을 했다.

"스님, 생각나세요?"

"예?"

"처음 만났을 때요. 제가 포도를 사 갔잖아요. 마주앉아 먹는데 스님이 어떻게나 빨리 드시는지 화가 난 줄 알았다니까요."

"하하하."

"그러던 분이 어느 날은 내가 먹는 걸 좋아해서 좀 많이 먹으니까 수도자는 그렇게 많이 먹으면 못 쓴다며 일침을 놓으시지 뭐예요. 그때 참 까다로운 분이로구나 하는 생각을 했었는데……."

"그래요?"

"그런데 저를 순천역으로 배웅해주시면서 어찌나 난감해하시는지 제가 다 무안하더라니까요. 기억나지 않으세요? 지금도 허둥거리던 스님 생각만 하면 슬며시 웃음이 나온다니까요. 수도자는 음식 탐하면 안 된다고 하시던 분이 왜 이렇게 허둥거릴까 생각하니, 아직도 어린 왕자가 스님의 마음속에서 얼굴을 붉히고 있는 것 같아서……. 호호호."

그녀는 그렇게 말하고 구김살 없이 웃었다. 그녀의 시를 대할 때부터 알아보았지만, 참으로 맑고 청순한 신앙인이었다.

그러고 보니 그런 말을 나누며 해변을 거닐다가 아마 이런 말도 한 것 같다.

"좋군요. 내내 산만 바라보고 살다 보니 언제나 국 없는 밥만 먹는 느낌이었는데, 이렇게 바다에 오니까 밥그릇 옆에 국그릇도 있는 것 같아서……."

그러던 게 어제 같은데 벌써 몇 해가 흘러버린 것일까.

이제 그녀는 어쩌다 찾아와 허물없이 말한다.

"스님, 배고파요. 저 공양 주세요."

법정이 상을 차려 "성찬을 듭시다" 하면, 그녀의 얼굴에 저절로 미소가 떠돈다. 서로 자신의 종교와 신념을 지키면서도 용어 하나로 서로의 믿음을 포용하는 마음을 느낄 수 있었다. 법정은 만년필에 잉크를 가득 넣고 오랜만에 그녀에게 편지를 썼다.

이해인 수녀님께

수녀님, 광안리 바닷가의 그 모래톱이
내 기억의 바다에 조촐히 자리 잡습니다.
주변에서 일어나는 재난들로 속상해하던 수녀님의 그늘진 속뜰이 떠오릅니다.
사람의, 더구나 수도자의 모든 일이 순조롭게 풀리기만 한다면 자기도취에 빠지기 쉬울 것입니다.
그러나 다행히도 어떤 역경에 처했을 때
우리는 보다 높은 뜻을 찾지 않을 수 없게 됩니다.
그 힘든 일들이 내게 어떤 의미가 있는가를 알아차릴 수만 있다면

주님은 항시 우리와 함께 계시게 됩니다.
그러니 너무 자책하지 말고
그럴수록 더욱 목소리 속의 목소리로 기도드리시기 바랍니다.
신의 조영 안에서 볼 때 모든 일은 사람을 보다 알차게 형성시켜주기 위한 배려라고 볼 수 있습니다.
그러나 안타깝게도 사람들은 그런 뜻을 귓등으로 듣고 말아 모처럼의 기회를 놓치고 맙니다.
수녀님, 예수님이 당한 수난에 비한다면 오늘 우리들이 겪는 일은 조그만 모래알에 미칠 수 있을 것입니다. 그러기에 옛 성인들은 오늘 우리들에게 큰 위로요 희망이 아닐 수 없습니다.
그분 안에서 위로와 희망을 누리실 줄 믿습니다. 이번 길에 수녀원에서 하루 쉬면서 아침미사에 참례할 수 있었던 일을 무엇보다 뜻깊게 생각합니다. 그 동네의 질서와 고요가 내 속뜰에까지 울려왔습니다.
수녀님께 진심으로 감사드립니다.
산에는 해 질 녘에 달맞이꽃이 피기 시작합니다. 참으로 겸손한 꽃입니다.
갓 피어난 꽃 앞에 서기가 조심스럽습니다.
심기일전하여 날이면 날마다 새날을 맞으시기 바랍니다. 그곳 광안리 자매들의 청안淸安을 빕니다.

편지를 부치고 돌아와 앉으니 적막강산이다. 가끔씩 박새가 울었다. 다람쥐가 낯선지 기웃거리다가 도망가버린다.

'목욕이나 할까.'

목욕을 하고 내친김에 빨래를 했다. 빨래를 너무 늦게 했던 모양이다. 벌써 해가 지고 있다. 하는 수 없이 아궁이에 장작불을 넣고 방바닥에 빨래를 널었다.

편지 부치랴, 빨래하랴 부산을 떨다 보니 피곤했던 모양이다. 그냥 쓰러져서 설핏 잠이 들었는데 눈을 떠보니 밤이다. 바람이 부는지 문짝이 흔들린다. 불을 켜고 앉아 있으니 세상이 또 궁금하다. 소형 라디오를 찾아 켰다. 어디 좋은 음악 나오는 데 없나 하고 다이얼을 돌리는데 문득 '법정'이란 말이 들리는 것 같다. 자신도 모르게 다이얼을 맞추었다. 지지직거리던 소음이 사라지고 또렷하게 사람의 말소리가 들린다.

… 오늘 밤은 법정 스님의 《무소유》를 낭송하면서 진행해드리고 있는데요……. 소유욕은 이해와 정비례한다. 그것은 개인뿐 아니라 국가 간의 관계도 마찬가지다……. 만약 인간의 역사가 소유사에서 무소유사로 그 방향을 바꾼다면 어떻게 될까…….

음악을 듣다가 법정은 오랜만에 《무소유》를 펼쳐서 읽어보았다. 한참을 읽고 있노라니 이 글을 쓸 때가 언제인가 싶었다. 내친김에 예전에 쓴 시 몇 편도 꺼내 읽어보았다.

먼 강물 소리

창호에
산그늘이 번지면
수린수린 스며드는
먼 강물 소리

— 이런 걸 가리켜 세상에서는
외롭다고 하는가?
외로움쯤은 하마
벗어버릴 때도 되었는데
이제껏 치룬 것만 해도
그 얼마라고 —

살아도 살아도
늘 철이 없는 머시메

내 조용한

해질녘 일과라도

치를까 보다

노을에 눈을 주어

아득한 우회로를…….

호오 호오

입김을 불어

호야를 닦고

물통에 반만 차게

물을 길어 오자

_법정, 《대한불교》, 1965년 1월 17일.

오랜만에 읽어보니 옛 생각이 간절하다. 이때가 언제였더라. 이 시를 지을 때가…….

그러나 무엇보다 마음에 와 닿는 것은 병들었을 때 쓴 시다. 산중에 살다 보면 가장 마음 상하고 외로울 때가 아플 때다. 제 공부하기 바빠 정진하다 보면 자연히 타인에게 비정하기 쉽다. 그러다 보니 아픈 이는 대중에게 폐를

끼치기 싫어 홀로 떠나가는가 하면, 전염병이라도 들면 스스로 선방을 나가야만 한다. 그때 쓴 시가 〈병상에서〉였다.

병상에서

누구를 부를까
가까이는 부를 만한 이웃이 없고
멀리 있는 벗은 올 수가 없는데……

지난 밤에는
열기에 떠
줄곧 헛소리를 친 듯한데
무슨 말을 했을까

앓을 때에야 새삼스레
혼자임을 느끼는가
성할 때에도
늘 혼자인 것을.

또

열이 오르네
사지에는 보오얗게
토우가 내리고
가슴은 마냥 가파른 고갯길

이러다가 육신은
죽어가는 것이겠지……

바하를 듣고 싶다

그중에도
〈톡카타와 후우가〉 D단조를
장엄한 낙조 속에 묻히고 싶어……

어둠은 싫다
초침 소리에 짓눌리는 어둠은……
불이라도 환히 켜둘 것을

누구를 부를까
가까이는 부를 만한 이웃이 없고

멀리 있는 벗은 올 수가 없는데……

_법정,《대한불교》, 1965년 4월 4일.

다시 읽어도 마음이 짠하다. 그러고 보면 풋중 시절을 어떻게 보냈나 싶다.

새벽에 일어나 예불을 드리고, 해가 나자 휴게 시간을 이용해 방바닥에 널어놓은 빨래를 밖에 내다 걸었다.

한동안 찾아오는 이도 없고, 부르는 이도 없다. 낮에는 산새가 와 울고 다람쥐가 와 기웃거렸다. 바람이 곁에서 머물다 산등성이를 넘어가고, 비가 오려는지 천둥 번개가 기를 죽였다.

하루 종일 입을 다물고 있으니 입에서 냄새가 나는 것 같아 부엌으로 나가 소금으로 양치질을 해본다. 어쩌다 약초를 캐는 노인네가 들르면 어쩌든지 그를 잡아 앉혀 이야기를 나누었다. 물을 떠다 주고, 그래도 가려고 하면 꿀에 재워둔 인삼도 주고, 그러다 보면 '아하, 이 스님 외로운 모양이구나' 하고 눌러앉아 저녁까지 먹고 가준다.

그러다가도 서울에서 기자들이 내려오면 몸이 저절로 돌아앉게 되니 이상한 일이었다. 왠지 상대하기가 싫었다. 사진을 찍어대고 성가시게 이것저것 물어온다. 형사들처럼 쓸데없이 지나간 일들을 캐내려고 애쓴다. 지나간 일들이 무슨 소용인가. 그것은 이미 전생이다. 그런데 특종을 잡으려는 듯이 눈치를 살핀다. 그게 싫다. 그래서 아예 돌아앉아버리는 것이다.

이곳저곳을 다니며 바람을 쐬다 돌아왔다. 거문도에서 등대를 보았다. 거문도 등대는 우리나라 최초의 등대다. 한때 등대지기가 되고 싶었기 때문일까. 그 등대를 떠나오면서 나지막이 〈등대지기〉를 불렀다.

"얼어붙은 달그림자 물결 위에 차고 한겨울에 거센 파도 모으는 작은 섬……."

동백나무 숲길을 내려와 물미역을 실컷 사 먹었다. 갯가 바위에 앉아 명상도 했다. 돌아오니 처마 끝에 집을 짓고 사는 박새가 주인이 왔다며 반가워했다. 그러고 보니 새끼가 많이 자랐다.

군불을 넣으려는데 박새가 이리 날고 저리 날고 난리가 아니다.

왜 저러나 하고 밖을 내다보려니 추녀 끝에서 떨어진 박새 새끼가 공양간 문턱에 들어와 떨고 있었다. 법정은 자신도 모르게 다가가려다가 문득 걸음을 멈추었다. 새끼는 날기 연습을 하려다가 떨어졌을 것이다. 어린 것이 날아보려고 그 작은 날개를 퍼덕이며 뒤뚱거렸다. 어미 새

두 마리가 이리저리 날며 짹짹거렸다.

신주를 모시듯 조심스럽게 둥지로 옮겨주었는데 한동안 박새 새끼는 날지 못했다. 어미 한 마리는 사냥을 나갔는지 보이지 않다가 잠시 후 돌아왔는데 부리에 먹이가 물려 있었다. 어린 것이 받아먹었다. 이번에는 새끼를 지키던 어미 새가 먹이를 구하러 갔다. 그렇게 교대로 새끼를 먹이며 힘을 북돋웠다. 법정은 몇 시간이고 박새를 지켜보았다.

다음 날도 아직 날지 못하고 떨고 있었다. 그날도 어미 새들은 먹이를 물어다 먹였다.

그다음 날, 뒤뚱거리며 날려고 애쓰던 새끼가 점차 기운을 차리더니 포르르포르르 날갯짓을 하다가 마침내 날아올랐다.

법정은 그 모습을 지켜보며 가슴을 손으로 꼬옥 안았다. 말할 수 없는 희망이 진동이 되어 가슴을 쳤다. 할머니 생각이 났다. 어머니 생각이 났다. 그들도 그렇게 자신을 키웠을 것이다.

새들마저 날아가고 나니 적막강산이다. 밀린 빨래를 해 널고 있는데, 어떻게 알았는지 김우중 대우그룹 회장이 찾아왔다. 경제 상황에 대한 우려가 점차 높아지던 때이기는 했지만 그가 찾아온 것은 뜻밖이었다.

"어떻게 이 누추한 곳까지 오셨습니까?"

법정의 말에 김우중은 소탈하게 웃었다. 내로라 하는 대기업의 회장이라고 해서 떵떵거릴 줄 알았는데, 의외로 겸소해 보이고 성격도 소탈했다.

"갑작스럽게 찾아뵈어 송구합니다. 스님의 《무소유》를 읽고 언젠가 한번 뵈어야겠다고 생각하고 있었는데 늦었구먼요."

법정은 고정관념이란 무서운 것이라는 생각이 들었다. 소위 돈 있는 사람들은 하나같이 책과는 거리가 멀 거라고 여겼다. 그런데 책을 읽었을 뿐만 아니라 이 먼 곳까지 찾아온 걸 보면 부자라고 무조건 싸잡아 취급할 일은 아니었다.

김우중 회장이 문득 물었다.

"외롭지 않으십니까?"

법정은 말없이 하하하 웃었다.

"저야 본시 속물근성을 타고난지라 세상 살면서 돈만 알았지 뭐, 고상하고는 거리가 멀어서……."

"고상해서 여기 있는 게 아닙니다."

법정의 말에 김우중이 고개를 주억거렸다.

"그렇겠지요. 하지만 욕심을 버리고 이런 곳에서 산다는 게 신기해서 하는 말입니다. 신선놀음에 도끼자루 썩는 줄 모른다고. 세상이 너무 어려워서요."

사업을 하느라 마음에 고통이 심한 것 같았다. 하기야 오죽 답답했으면 산중의 산승을 찾았을까. 그러나 해줄 말이 없었다. 입에 발린 말들…… 욕심을 버려라, 무소유하라 해보았자 공염불에 지나지 않을 것이었다. 누가 그것이 좋다는 사실을 모르는가. 알면서도 실천하지 못하기에 그런 글줄이나 읽고 감동하는 게 아닌가. 좋은 꽃놀이도 한두 번이다. 자꾸 보면 싫증 나고 짜증도 나기 마련이다. 아버지가 자식 잘되라고 공자, 맹자를 말하지만 자식이 먼 산만 바라보는 것도 그 때문이다.

"산에 살면서도 요즘 경제가 힘들다는 말은 듣고 있습니다."

"그래요?"

"산에 살다 보니 오히려 지금의 이 어려움이 오히려 고마워해야 할 일이 아닌가 하는 생각이 들더군요."

"예?"

생각지 못한 이야기였는지 김우중의 굵은 검은 테 안경 속의 눈빛이 반짝 빛났다.

"우리가 선 자리를 되돌아보라는 준엄한 메시지를 주고 있다는 생각이 듭니다……. 우리가 어떻게 살았습니까. 36년간의 일제 식민지를 거쳐 해방 정국, 6·25 전란,

그 과정을 거쳐 여기까지 왔어요. 그런데 요즘은 어떻습니까. 서구 문명을 받아들여도 꼭 우리 것과는 반대 방향으로 집착을 합니다. 새로워서 그렇다는 생각도 해봅니다만, 이는 분명 기성세대의 잘못이라고 봅니다. 인도를 가보니까 그들은 서구 문명을 받아들여도 자기네 문명을 소홀히 하지 않더군요. 그런데 우리는 우리 것이 없어져버렸어요. 있다면 장인들의 전유물이 되어버렸지요. 텔레비전만 틀어도 세상이 어떻게 변했는지 금방 알 수 있지요. 근면하고 검소하던 우리네 5천 년 전통은 이미 사라진지 오랩니다. 그들에게 인간 본연의 덕성을 되찾으라고 한다면 어떻게 반응할까요. 하지만 그 덕성을 찾지 않는 한 결코 좋은 세상은 오지 않을 겁니다."

말을 해놓고 법정은 또 공자, 맹자 같은 입에 발린 말을 했다는 생각이 들었다. 하지만 김우중 회장은 어떻게 받아들였는지 진지한 표정을 지었다. 이어지는 말에도 진지함이 묻어났다.

"옳은 말씀입니다. 분수를 알게 해주는 더없이 좋은 기회라는 생각을 저도 하고 있었습니다. 그렇습니다. 기성세대가 문제예요. 그들에 의해 젊은이들이 병들어가는데도 돈벌이에만 혈안이 되어 얼굴을 붉히니 말입니다. 정치인들도 문제예요. 선거철만 되면 우리 기업인들을 쳐다

보거든요. 내가 사업을 하지만 직원만 해도 수만 명입니다. 그 사람들이 먹여 살리는 식구들까지 합하면 엄청난 숫자지요. 죽일 수가 없어요. 그런데 죽이겠다고 달려들면 어쩔 도리가 없습니다. 우리가 5천 달러 시대를 산다고 하지만 실은 일본의 1천 달러 시대와 다를 바가 없습니다. 그런데 훨씬 더 잘 살고 있다고 착각하니, 그게 다 누구 때문이겠습니까. 이 나라를 이끌어가는 정치인들이 썩었기 때문 아니겠습니까. 쥐어짜면 나온다는 식이지요. 저들이 독재를 하려고 백성의 눈을 가린다는 말입니다. 그러니까 기껏 육성한다는 게 스포츠니 예능이니 그런 쪽뿐이지요. 권투를 좀 못하면 어떻고, 마라톤을 좀 못하면 어떻고, 골프를 좀 못하면 어떻습니까. 그런 것 못한다고 후진국인양 백성들의 의식을 매도해버리는 겁니다. 말 많은 문화 인력들은 거추장스럽다는 거지요. 일본은 노벨 문학상을 위해 정부에서 수십 년 전부터 문화 인력을 길러왔어요. 우리가 눈 가리고 스포츠에 아웅할 때 말입니다. 그러니 국민들의 수준이 최루탄 수준일밖에요. 극장에 가면 최루탄 영화가 판칩니다. 고급화 문화가 발을 붙이기 힘들지요. 펜대에 힘을 준 책들이 팔릴 리가 없어요. 최루성 소설이나 저급 연애소설이 잘 팔릴 수밖에요. 그런 판에 스님이 정화수 같은 글을 써냈으니, 어떻게 독자들이 열광하지 않을 수 있겠습니까. 사실 그들도 알고 있었던 거지요. 돌파구가 없는 걸 말입니다. 자신이 저질로 떨어지고 있다는 사실을 알면서도 돌파구가 없는 겁니다. 아이들이 놀 곳이 없어 옆길로 새는 것과 무엇이 다르겠습니까. 그런데 문제는, 그런 상황이 우리 장사꾼들의 도덕성에 있다는 겁니다. 결국 경제 상황이 밑바닥까지 나빠지고, 그러다 보니 이러다간 다 망하겠다는 생각이 드는 거죠. 정말 골치 아픕니다. 이제야 사회적인 컨센서스가 나오고 있지만, 그래서 다시 뛸 수 있는 추진력과 동력이 나오게 될까요?"

"나와야겠지요."

"그렇지요, 빨리 나와야겠지요."

김우중이 떠나고 나서 법정은 '부자는 하늘이 내린다'는 옛 속담을 떠올렸다. 김우중 회장이 자기 나름대로 확고한 소신과 신념을 가졌기에 그만큼이라도 사업체를 성장시켰을 것이라는 생각이 들었다. 그런데 현실의 정치 상황에 의해 배가 흔들리는 모양이었다. 그 배가 어떻게 될지 모르겠지만 사업체를 잘 이끌어 나갔으면 싶었다.

법정은 뜰에 서서 멀리 산등성이에 눈을 붙박았다.

그 사람에 비하면 텅텅 비워버린 내 생활이 얼마나 행복한가. 어지러운 그의 마음속에 바람 소리를 들려주고 싶었다. 비워버리지 못하는 그의 마음속에 충만한 빛을 가득 채워주고 싶었다. 그리고 맑은 계곡물로 그의 마음을 씻어주고 싶었다.

연못에 연꽃이 없더라

예불을 올리고 참선에 들었다가 공양간으로 나가는데 출판사에서 사람이 왔다.《그물에 걸리지 않은 바람처럼》이 나왔다고 했다. 책을 받아 보니 제법 잘 만들어졌다.《숫타니파타》의 개정판이었다.

7월이 되자 가만히 앉아 있어도 땀이 줄줄 흘러내렸다. 작년보다 올해가 더 더운 것 같다. 김우중 회장이 다녀간 것이 엊그제 같은데 벌써 해가 바뀌었다.

해가 뉘엿거리는데 불일암에서 만난 한 화가가 올라왔다. 어쩐 일이냐고 했더니 대뜸 신문을 꺼내놓았다.

"정말 세상 말셉니다."

"왜 그러오?"

"신문이나 한번 보세요."

법정은 그가 가져온 신문을 펼치며 물었다.

"왜요?"

"김영삼이 대통령된 후로 이 나라가 기독교인 국가가 된 것은 알아보았소만, 정말이지 기가 막혀서……."

그가 찾아주는 기사를 보던 법정은 말이 나오지 않았다. 청와대에 있던 석불이 기독교도인 청와대 직원에 의해서 부서지고 훼손된 사례는 알고 있었다. 그런데 이번에는 독립기념관 연못에 있던 연꽃을 불교의 꽃이라며 뽑아 치웠다는 것이다. 그뿐만이 아니었다. 경회루 향원지의 연꽃도 다 뽑아 치웠다고 한다. 전국의 고궁 등에 피어난 연꽃들이 수난을 당한다는 말이 나돌았는데, 그 소문이 사실이었던 모양이다.

화가 나서 말도 나오지 않았다. '편견'이라는 단어만 뇌리에서 맴돌았다. 무엄하고 무지한 편견. 이 사회를 병들게 하는 것이 무엇일까.

연꽃이 무슨 죄가 있는가. 그것이 기독교의 상징이든 불교의 상징이든 그리 중요할까. 꽃이었다. 꽃. 연못에 피어나는 꽃. 그 꽃은 많은 이에게 기쁨을 주고 행복을 안겨왔다. 그렇기에 조선 시대 억불정책 시대에도 살아남았다. 유가들도 꽃은 건드리지 않았다.

지난해 여름이던가. 경복궁 연당에 핀 연꽃을 보았을 때의 황홀감은 지금까지도 잊히지 않았다. 진흙탕에 뿌리를 박고 어쩌면 저리도 아름다운 꽃을 피울까. 그 감동이 아직도 이렇게 살아 있는데. 그것을 불교의 꽃이라고 해서 뽑아버렸다?

법정은 다음 날부터 소문의 현장을 직접 돌아보았다. 돌아와 촛불을 밝히고 펜을 들었다. 그 글은 〈산에는 꽃이 피네〉라는 법정의 《동아일보》 칼럼에 실렸다.

연못에 연꽃이 없더라

요즘 강원도 고랭지에는 감자꽃이 한창이라 더러는 발걸음을 멈추고 귀엽게 피어난 그 꽃과 은은한 향기에 반쯤 취할 때가 있다. 감자꽃의 소박한 아름다움을 나는 이 고장에 와 지내면서 비로소 알게 되었다. 우리가 감자를 먹을 때 그 꽃과 향기도 함께 음미할 수 있다면 우리들의 식탁은 보다 풍성하고 향기로워질 것이다.

풀과 나무는 다들 자기 나름의 꽃을 피우고 있다. 이웃을 닮으려 하지 않고 패랭이는 패랭이답게, 싸리는 싸리답게 그 자신의 삶을 꽃피우고 있다. 생명이 깃들여 있는 것은 어떤 형태로건 저마다 삶의 가장 내밀한 속뜰을, 꽃을 피워 보이고 있다. 그래야 그 꽃자리에 이 다음 생으로 이어질 열매를 맺는다.

우리들이 살아가는 고달프고 팍팍한 나날에 만약 꽃이 없다면 우리들의 삶은 얼마나 무미건조할 것인가. 꽃은 단순한 눈요기가 아니라 함께 살아가는 곱고 향기롭고 부드러운 우리 이웃이다. 생명의 신비와 아름다움과 조화를, 거칠고 메말라가는 우리 인간에게 끝없이 열어 보이면서 깨우쳐주는 고마운 존재다.

사람은 단순한 동물이 아니기 때문에 밥주머니를 채우는 먹이만으로 살아갈 수는 없다. 보다 나은 삶을 위해서 때로는 고기 한 근보다 꽃 한 송이가 더 귀하게 여겨질 수도 있다. 위장을 채우는 일과 마음에 위로를 받는 일은 어느 것도 소홀히 할 수 없는 우리들 삶의 중요한 몫이다.

그런데 이렇듯 아름답고 향기롭고 조촐한 꽃이 어떤 과시나 과소비로 전락한다면, 그것은 더 말할 것도 없이 꽃에 대한 모독이요 고문이다. 단 몇 시간을 치장하기 위해 그 많은 꽃들을 꺾어다 늘어놓는 일은 어떤 명분을 내세운다 할지라도 그것은 꽃다운 일이 못된다. 장례식을 비롯하여 행사장에 무더기 무더기로 동원되어 시들어가는 꽃들을 대할 때마다 탐욕스럽기까지 한 인간들에게 같은 인간으로서 거부반응을 지니지 않을 수 없다. 무고한 꽃들을 괴롭히지 말 일이다. 과시와 허세와 탐욕으로 여리고 사랑스런 꽃을 짓밟지 말 일이다.

7월은 연꽃이 피는 계절. 엊그제 전주 덕진공원에 가서 연꽃을 보고 왔다. 해마다 7월 중순이면 마음먹고 덕진에 가서 한나절 연못가를 어정거리면서 연꽃과 놀다가 오는 것이 내게는 연중행사처럼 되어 있다. 장마철이라 그날은 부슬부슬 비가 내렸다. 다른 구경꾼도 없었다. 우산을 받쳐 들고 연못을 가로지른 다리 위에서 연꽃만이 지닌 신비스런 향기를 들으면서(맡는다는 표현은 좀 동물적이니까) 연잎에 구르는 빗방울을 한참 지켜보았다. 줄기차게 내리는 빗방울도 연잎에서는 겨우 좁쌀알 정도밖에 되지 않는다는 사실을 비로소 알았다.

빗방울이 연잎에 고이면 연잎은 한동안 물방울의 유동으로 함께 일렁이다가 얼마만큼 고이면 크리스털처럼 투명한 물을 미련 없이 쏟아버리는데 그 물이 아래 연잎에 떨어지면 거기에서 또 일렁이다가 도르르 연못으로 비워 버린다. 이런 광경을 무심히 지켜보면서, 아하 연잎은 자신의 감당할 만한 무게만을 싣고 있다가 그 이상이 되면 비워 버리는구나 하고 그 지혜를 엿볼 수 있었다. 그렇지 않고 욕심대로 받아들이면 마침내 잎이 찢기거나 줄기가 꺾이고 말 것이다. 연꽃을 제대로 보고 그 신비스런 향기를 들으려면 이슬이 걷히기 전 이른 아침이어야 한다.

돌아오는 길에 모처럼 독립기념관에 들러 보았다. 한 가지 일을 내 눈으로 확인하기 위해서였다. 내가 존경하는 원로화가로부터 작년에 들은 말인데, 나는 그때 그 말을 듣고 적잖은 충격을 받았었다. 독립기념관을 지을 때 정원에 대해서 관계기관으로부터 자문이 있어, 연못에 백의민족을 상징하는 백련을 심도록 했다. 그래서 화가가 몸소 나서서 멀리 지방에까지 내려가 어렵사리 구해다가 심었다.

그 후 연이 잘 크는지 보기 위해 가보았더니, 아 이 무슨 변고인가, 연은 어디로 가고 빈 못만 덩그러니 있더라는 것. 그래 무슨 일이 있어 빈 연못으로 있는지 그 까닭을 알아봤더니, 새로 바뀐 관리책임자 되는 사람이 왜 이런 곳에 불교의 꽃을 심어 놓았느냐고 화를 내면서 당장 뽑아 치워버리라고 해서 그리 됐다는 것이다. 지금도 안내판에 는 '백련못'이라고 똑똑히 써 있었는데 8천 평 가까운 그 백련못에 연은 한 포기도 없었다.

이런 현상은 독립기념관만이 아니고 경복궁과 창덕궁에도 마찬가지라고 했다. 연꽃 철이 되어 혹시나 해서 어제 빗길을 무릅쓰고 경복궁과 창덕궁의 비원을 일부러 찾아가 보았다. 경복궁 서북쪽에 큰 연못이 있어 나는 서울 근교에 살 때 연꽃을 보러 일부러 찾아간 적이 몇 차례 있었다. 거기 연못 속에 향원정이란 정자가 있는데 송대의 한학자가 연꽃을 기린 글 애련설에서 따온 이름으로, 연꽃 향기가 멀리서 은은히 풍겨온다는 데서 유래된 이름이다. 연못에는 연꽃도 그 향기도 자취가 없이 비단 잉어 떼의 비린내만 풍기고 있었다. 경회루 연못도 마찬가지였다.

비원에는 연꽃의 다른 이름인 부용에서 따온 부용정과 부용지가 있지만 역시 연꽃은 볼 수 없었다. 불교에 대한 박해가 말할 수 없이 심했던 조선왕조 때 심어서 가꾸어온 꽃이 자유민주주의 체제 아래서 뽑혀 나간 이 연꽃의 수난을 우리는 어떻게 받아들일 것인가.

꽃에게 물어보라. 꽃이 무슨 종교에 소속된 예속물인가. 불교 경전에서 연꽃을 비유로 드는 것은 어지럽고 흐린 세상에 살면서도 거기 물들지 말라는 뜻에서다. 불교신자들은 연꽃보다 오히려 백합이나 장미꽃을 더 많이 불전에 공양하고 있는 실정이다.

아, 연못에서 연꽃을 볼 수 없는 그런 시대에 우리가 지금 살고 있다.

_법정, 〈산에는 꽃이 피네〉, 《동아일보》, 1993년 7월 25일.

이 칼럼이 《동아일보》에 나가자, 당황한 청와대는 "금년에 연잎이 나긴 났는데 잉어들이 다 뜯어 먹어 버렸다"고 변명했다. 그럼 작년엔 왜 안 뜯어 먹었는지 모를 일이라고 하니 "글쎄 작년엔 식성이 없었는가 보죠" 했다. 연잎은 줄기가 질기고 가시가 있어 물고기가 뜯어 먹을 수 없다는 것을 그들은 모르고 있었다.

김영삼 대통령은 결국 직접 실태를 조사한 후 잘못된

일이라면 시정하겠다고 약속했다. 그런 일련의 일들로 인해 '맑고 향기롭게' 모임이 결성되었다. 날로 각박해지고 메말라가기만 하는 인심을 맑고 향기롭게 가꾸기 위한 시민운동이 법정에 의해 주창되어 결성된 것이다. 법정은 이제껏 불자들의 시주 덕분에 살아왔다며, 그 빚을 갚는다는 마음으로 맑고 향기롭게 모임을 이끌었다. 모임의 상징은 연꽃으로 정하고, 그 도안은 고현 조선대 교수가 맡기로 했다.

이사진 가운데 특이한 사람은 법정 펜클럽의 회원인 작곡가 노영심이었다. 노영심이 모든 행사의 음악을 담당하겠다고 나섰다. 어느 기자가 노영심에게, 어떻게 그런 활동에 참여하게 되었느냐고 물었다. 그러자 노영심은 다음과 같이 대답했다.

"살다 보면 그런 일을 할 기회는 꽃잎처럼 떨어져 내리지요. 그걸 피하지 않고 그냥 받아들이는 거죠. 누군가를 직접 돕거나 돕기 위한 통로 혹은 연결망의 역할을 하는 과정에 소중한 사람들을 만나게 되어 의미가 더해집니다. 그중 한 분이 법정 스님이에요. 스스로 부족함을 깨닫고 고개 숙일 줄 알되 그 부족함이 남에게 줄 게 없는 부족함이 되어선 안 된다는 가르침을 주셨거든요."

법정은 그렇게 맑고 향기롭게 모임을 이끌었다.

1993년 10월 10일, 법정은 프랑스로 날아갔다. 유럽 여행 도중 프랑스 파리에서 불자 교포들과 유학생들을 만났을 때 그들의 어려운 형편을 보고 굳힌 결심을 실현하기 위해서였다. 재불 화가들과 함께 뜻을 모아 법당을 마련한 것이다. 프랑스 파리에 세워진 최초의 한국 사찰이었다. 사찰명은 '송광사 파리 분원 길상사'였다.

법정은 길상사 개원에 도움을 준 불자들을 위해 '길상회'를 결성했다. 모임은 매월 한 번씩 서울 법련사 옆 출판회관에서 갖기로 했다. 그들은 약속한 대로 그곳에서 모여《선가귀감》을 공부했다. 그러면서 법정은 맑고 향기롭게 창립에도 힘을 보탰다. 당시 실무는 청학 스님이 맡았는데, 맑고 향기롭게 살아가기 운동 창립 법회를 연 것은 1994년 3월 26일이었다. 서울 양재동 구룡사에서였다. 창립 기념 대중 법문을 했고 맑고 향기롭게 모임은 순수 시민단체를 지향하자는 데 합의했다.

"물이 흐르는 만큼 물길이 열리듯 회원들의 성의와 뜻을 모아 우선은 내 마음을 맑고 향기롭게 지니고, 이웃과 사회를 향한 나눔을 실천하며, 소중하고 감사한 자연을 보전하고 보존해가는 일에 힘쓰자"는 법정의 뜻을 받들어 전국에서 1만여 회원이 모여들었다. 그들은 서울, 부산, 대구, 경남, 광주, 대전 등 6개 지역에서 각기 모임을 열고 활동하기 시작했다. 그리고 '맑고 향기롭게 장학금'을 마련해 중고생을 대상으로 매년 학비를 지원하기로 했다. 맑고 향기롭게 살아가기 운동은 그렇게 진행되었다.

그들의 운동을 유심히 지켜보는 이가 한 사람 있었다. 김영한이었다. 천재 시인 백석의 여인. 법정에게 대원각을 보시하겠다고 나선 김영한.

그녀가 또 법정을 찾았다. 벌써 네 번째 방문이었다. 그때마다 법정은 번번이 거절했는데, 나중에 그 사실을 안 사부대중四部大 衆이 보시를 수락하는 편이 낫지 않겠느냐며 법정에게 간청했다. 앞으로 맑고 향기롭게 모임에도 도움이 되리라고 했던 것이다.

1995년의 일이었다.

법정의 고민은 깊어졌다. 만일 받아들인다면 개인이 아닌 조계종단의 이름으로 받고 싶었다. 자신은 주지가 아닌 '회주會主'로서 상징적인 관리자의 입장에 서고 싶었다.

다시 김영한 보살이 찾아왔을 때 법정은 이렇게 말했다.

"보살님, 제가 받아들인다고 해도 제 개인 자격으로는 받지 않겠습니다. 그곳을 조계종 산하에 조건 없이 기증하시겠다면 보살님의 보시를 받아들이겠습니다."

법정의 천명에 김영한 보살은 합장하며 큰절을 올렸다. 참으로 욕심 없는 사람이라는 것을 다시 한 번 확인했기 때문이다.

대원각 터와 건물 일체를 받아들여 대한불교조계종 송광사 분원으로 등록한 것은 1995년 6월 13일이었다. 사명은 '길상사'로 정하고 본격적으로 창건을 시작했다. 드디어 성북동 대원각 터 7천여 평이 법정에게 시주되면서 1997년 12월 '맑고 향기롭게'의 근본 도량이 생겼다. 1996년 5월 20일에 대원각 부동산 일체를 증여받고, 같은 해 6월 7일에 서울지방법원 성북등기소에 등기함으로써 법적인 절차를 마쳤다.

기자가 김영한에게 물었다.

"기부한 1천억이 아깝지 않습니까?"

김영한은 홀가분한 어조로 대답했다. "1천억은 그 사람의 시 한 줄만도 못합니다." 그녀가 말한 '그 사람'이란 바로 백석이었다.

1996년 8월, 청도 운문사에서 제1회 '맑고 향기롭게 회원 수련회'가 실시되었다. 이때 임원 및 전국의 회원 80명이 참석했다.

1996년 9월 26일, 김영한 보살의 대원각 기증과 길상사 창건 소식이 언론을 통해 보도되면서 전국이 발칵 뒤집혔다. 기생질로 벌어들인 1천억 가치의 재산을 《무소유》를 읽고 내놓았다는 사실에 사람들은 하나같이 놀랐다. 민심이 흉흉하던 터에 대원각 기증 소식은 모처럼 따뜻하고 아름다운 소식으로 언론의 집중 조명을 받으면서 사람들의 입에 오르내렸다.

법정이 사단법인 '맑고 향기롭게' 이사장에 취임한 것은 1996년 12월이었다. 부득이 '이사장'이란 세속 직위를 받았으나 그는 내키지 않아 자주 고개를 내저었다. 주위 사람들이 그것은 서류상 직책일 뿐이라고 해도, 법정은 이사장 대신 '회주'라는 호칭이 어떻겠느냐고 고집했다. 그냥 어떤 모임의 중심이 되어 이끌어가는 사람이고자 했던 것이다. 그때부터 불교계에서는 특정한 소임을 맡지 않은 어른 스님을 회주라고 불렀다.

모임이 커지고 후원금이 들어오자 모임의 공신력이 필요하다는 건의에 따라, 법정은 당시 문화체육관광부에서 비영리사단법인으로 인가를 받았다. 1997년 1월 말에는 사부대중으로 구성된 길상사 자문위원회를 통해 향후의 사찰 운영 방안과 마스터플랜이 세워졌다. 그들은 12월 14일을 창건 법회일로 정하고 개원을 준비했다.

3월이 되자 날이 풀렸다. 법정은 그동안 비워두었던 수류산방으로 돌아왔다.

그런데 돌아오는 길에 보니, 사람들이 개울가에 통발을

쳐놓고 무엇인가를 잡고 있었다. 흐르는 개울에 둑을 쌓고 입구를 솔게 하여 흘러가는 물이 통발을 통과하게끔 해놓았다. 법정이 지나가다가 무심히 물었다.

"뭣들 하시오?"

스님이 묻자 사람들이 어물거렸다. 알고 보니 개구리를 잡는 사람들이었다. 봄이 되어 이제 막 깨어난 개구리들을 통발까지 쳐서 잡고 있던 참이었다.

기가 막혔다. 법정은 승이 되어 홀로 살면서 그들을 위해 글을 써 부처님의 말씀을 전했고, 그리하여 조금이라도 세상이 정화되기를 바랐다. 한 줄 글에 혼신을 다한 것은 사람이 사람다워지기를 바라는 간절한 바람에서였다.

인간의 이기심, 그 소유욕은 참으로 한이 없었다. 곰의 쓸개즙을 마시려고 산 곰의 쓸개에 주사기를 찌르고, 사슴 피를 마시고, 개를 잡아먹고, 개구리까지 아주 싹쓸이를 해야만 직성이 풀리는 인간의 마성. 사람의 탈을 쓰고 짐승도 못 할 짓을 아무렇지도 않게 저지르는 인간의 마성. 왜 그들이라고 자신들의 이기와 욕망으로 자연 폐해가 심각한 상태에 이르렀다는 사실을 모르겠는가. 이대로 가다가는 지구의 멸망이 불을 보듯 뻔하다는 걸 왜 모르겠는가. 말없는 하늘과 땅. 땅은 살아 있는데 피를 흘리면서도 말이 없으니 어리석은 중생은 죽은 줄 안다. 아야,

아야 울어야 어리석은 중생은 살아 있다고 생각하는 것이다.

왜 글을 썼는가. 자신을 되돌아보라고 썼다. 욕심 내지 말고 분수껏 살아가라고 썼다. 그대 자신이 자연임을 알라고 썼다. 쓰레기를 함부로 버리지 말라고 썼다. 오폐수를 함부로 흘려보내지 말라고 썼다. 흙이 아프다고 아우성치지 않느냐고 썼다. 수질이 오염되어 물고기가 숨을 쉬지 못한다고 썼다. 그렇게 자기 주위를 돌아보며 자연과 함께 살아가라고 썼다.

살아 있는 것에게 가장 중요한 것은 환경이라고 썼다. 그 환경이 망가지면 그 속의 생명체 또한 존재할 수가 없다고 썼다. 그런데도 저렇게 자연을 망치고 있다. 개구리를 잡아 산에다 솥을 걸고는 나무를 잘라 불을 때고, 그러다 불이 나 산을 홀랑 태워버린다. 어찌 생태계가 변하지 않겠는가. 그 바람에 기후가 변해 봄이 오지 않는다. 겨울에 개나리가 핀다. 지구 온난화로 빙하가 녹고 해일과 지진이 전세계를 덮치고 있다.

사실 '맑고 향기롭게'를 창립한 목적이 어디에 있는가. 이 사회가 맑고 향기롭게 변모해가기를 염원하는 이들의 모임이었다. 바로 저런 이들을 돌려세우기 위함이었다. 진흙 바닥에서 결코 오탁에 물들지 않는 연꽃을 뽑아 던져버리는 무리와 저들이 무엇이 다르겠는가.

세상 사람들은 간혹, 당신네들이 그 회를 만들어 무엇을 했느냐고 묻는다. 그러나 법정이나 회원들은 한 번도 어떤 공명심으로 떠들어본 적이 없다. 행사를 한다고 북을 치고 나팔을 불고 현수막을 걸어야만 하는가. 그저 조용히 내실을 다지며 이 세상을 맑고 향기롭게 변모시켜 나가자고 세운 모임이었다.

길상사가 개원되어 이제 '맑고 향기롭게'의 도량이 되긴 했지만, 얼마 전까지만 해도 비원 앞 단칸짜리 오피스텔에 사무실이 있었다. 서너 개 놓인 책상이 가재도구의 전부라고 해도 과언이 아니었다. 운동을 해도 소란스럽게 하지 말자고 했다. 큰 사명감에 들뜨다 보면 남의 눈 밖에 나기 마련이고, 입 비쭉이기 좋아하는 사람들에게는 오히려 역효과를 일으킬 것이기 때문이었다. 그런 사람들을 이끌기 위한 모임인데 그렇게 되면 그 본의가 살지 않을 것이었다. 나중에는 맑고 향기롭게 '운동'이란 말마저 못 쓰게 했다. 운동이란 말이 꼭 생색을 내는 것 같아 거슬렸기 때문이다.

그러하기에 거창한 행사보다는 남모르게 어려운 이들과 소외된 이들을 도왔다. 한편으로는 환경에 대한 자각을 키우기 위해 작은 모임을 꾸리고 실천해왔다. 그렇게 조용히 진행하다 보면 이 세상은 맑고 향기롭게 변할 것이라고 믿으며 회보를 통해 삶의 진정한 모습을 글로 그려왔다.

그런데 충격이었다. 여전히 세상은 어둠 속에 묻혀 있었다. 법정은 속으로 울었다. 그 자리에 퍼질러 앉아 어린 아이처럼 소리 내어 엉엉 울고 싶었다. 이제껏 어떻게 살아왔는가. 쥐가 오면 쥐와 친구가 되고, 두꺼비가 오면 두꺼비와 친구가 되고, 박새가 오면 박새와 친구가 되었다. 겨울이면 짐승들이 물을 마시지 못할까봐 계곡에 얼음 구멍을 내고, 방으로 들어와 윙윙거리는 벌에게 무심결에 책을 휘두르다가 죽게 한 뒤로는 한동안 죄책감에 시달리며 살았다.

생활이 궁핍해 학비가 없는 학생들을 도우려고 팔이 빠져라 인지에 도장을 찍어댔더니 중이 돈과 매명에 미쳐 책을 내고 산중에 홀로 사는 것도 쇼라고 하니, 참으로 가슴 아픈 일이 아닐 수 없었다. 그래도 스스로가 당당하면 그만이라고 생각했다.

인세를 빨리 달라 호통을 치면 스님이 돈을 너무 밝히는 게 아니냐고 했다. 그럼 어떡하나. 애들 장학금은 뭘로 주나. 자신만 쳐다보는 애들이 어디 한둘인가. 그들이 희망이었다. 그들이 사람답게 자라서 저런 무지한 사람들을 제도할 것이라 믿었다.

수류산방으로 오르는 발길이 무거웠다. 자신의 신심이 모자라서 그런 것이라면 더 열심히 글을 쓰고, 더 열심히 아이들을 돕고, 더 열심히 맑고 향기롭게 모임을 모임답게 만들어야 할 것이었다. 그런데 왜 이렇게 마음은 허전한 것이냐.

가슴속으로 처르르 흘러가는 게 있었다. 아아, 언제였던가. 이렇게 마음이 허전했을 때가. 해인사 있을 때던가. 그때 이렇게 마음이 허전했던가. 물 맑고 수풀 우거진 해인사. 맞아, 그때부터였는지도 몰라. 그때 이런 시를 지으며 가슴을 쓸어내렸을 것이다.

어떤 나무의 분노

—물 맑고 수풀 우거진 합천 해인사. 거기 신라의 선비 최고운님이 노닐었다는 학사대에는, 유람하는 나그네들의 이름자로 온몸에 상처를 입은 채 수백 년 묵은 전나무가 한 그루 서 있다—

보라!
내 이 상처투성이의 얼굴을.

그저 늙기도 서럽다는데
내 얼굴엔 어찌하여 빈틈없이
칼자국뿐인가

내게 죄라면
무더운 여름날
서늘한 그늘을 대지에 내리고
더러는
바람과 더불어
덧없는 세월을 노래한
그 죄밖에 없거늘,
이렇게 벌하라는 말이
인간헌장의
어느 조문에 박혀 있단 말인가.

하잘 것 없는 이름 석 자
아무개!
사람들은 그걸 내세우기에
이다지도 극성이지만,
저 건너
팔만도 넘는 그 경판 어느 모서리엔들

그런 자취가 새겨 있는가.
지나간 당신들의 조상은
그처럼 겸손했거늘
그처럼 어질었거늘…….

언젠가
내 그늘을 거두고
고향으로 돌아가는 날,
나는 증언하리라
잔인한 무리들을
모진 그 수성獸性들을.

보라!
내 이 상처투성이의 처참한 얼굴을.

_법정, 《대한불교》, 1963년 10월 1일.

사위가 고요하면 고요할수록 사소한 소리에도 민감해지기 마련이다. 재깍재깍 시계 가는 소리도 성가실 때가 있다. 어린 시절 혼자 방에 남겨질 때면 이상하게 시계 소리가 무서웠다.

잘 가던 시계가 멎었다. 덩달아 라디오도 기능이 멎었다. 하기야 오래된 것들이었다. 사람이나 기계나 세월이 흐르면 당연히 멈추게 되어 있다.

시계가 멈춰버리니 답답했다. 그런데 뱃속이 시계라더니 밥때가 되면 영락없이 소식이 온다. 그뿐만이 아니다. 지금은 몇 시쯤 되었겠군 하면 잠시 후 해가 지고 날이 밝았다. 라디오도 듣지 않으니 오히려 사색의 시간이 깊어지고 마음이 번잡하지 않아 좋았다. 노랫소리를 들으려고 정신을 집중하지 않아 좋고, 무슨 말을 하나 신경 쓰지 않아 좋았다. 그러고 보면 지금까지 그런 것들에 얽매여 있었다는 말이었다.

그냥 살았다. 배가 고프면 먹고, 잘 시간이 되면 자고, 울력 시간이 되면 울력을 했다. 촛불도 펄럭거려서 램프를 켰다. 은은해서 좋았다. 꼭 촛불을 무의식적으로 고집하던 자신이 고정관념의 늪에 빠져 있었다는 생각이 들었다. 촛불이면 어떻고, 등잔불이면 어떻고, 램프불이면 어떻단 말인가. 해인사 선원에 있을 때 남이 쓰다 버린 램프가 있었는데, 촛불 펄럭거리는 소리조차 선정에 방해가 되기에 그걸 사용했다. 그때 자신을 구속하는 것은 바로 분별심이라는 것을 철저히 깨달았는데, 그사이 어느새 고정관념이 고개를 내밀고 있었다. 그러니 날이 어두워오면 자신도 모르게 초를 찾았던 것이다. 무의식에 자신을 맡겨버리면 사람은 결코 의식의 발전이 없다는 생각이 들었다. 무의식을 깨워야 한다. 그것이 무분별로 이어질 때 개오開悟가 올 것이었다.

1997년 6월 말에 대원각 터를 빌려 장사를 하던 임차인이 11월 초까지 연기를 해달라고 했다. 이왕에 받아들인 일이니 마음이 바빴지만 수락하는 수밖에 없었다. 창건에 따른 보수 공사가 자연히 지연되었다.

8월에는 맑고 향기롭게 회원들을 불러 모아 김천 직지사에서 제2회 수련회를 실시했다. 전국에서 회원 120명이 참석했는데 3박 4일의 일정을 법정은 직접 진두지휘했다.

그때까지도 몰랐다, 조계사 사태가 발생할 줄은. 조계사 사태가 발생하자 법정은 1993년부터 《동아일보》에 게재하던 〈산에는 꽃이 피네〉 칼럼을 중단했다.

주위에서 말렸다.

"스님, 그렇게까지야……."

"조계사 사태가 마무리될 때까지 절필하겠소."

"예에?"

사람들이 놀랐다.

"수행자인 승려는 부처님의 가르침을 몸소 실천하는

사람이외다. 그런 수행자들이 주기적으로, 잊어버릴 만하면 싸우니 정말 송구스러울 뿐이오."

하루는 지하철을 탔는데, 40대 신사가 신문을 보다가 침을 뱉듯이 중얼거렸다.

"중놈들 또 지랄이군."

법정은 쥐구멍이라도 있으면 숨어버리고 싶었다. 무슨 일에나 당당하던 그였다. 다른 때 같았으면 나무랐을 테지만 오히려 면구스러워 고개를 들 수가 없었다. 사실이었기 때문이다.

해탈의 해방구

길상사 초대 주지인 청학 스님의 주도로 창건 보수공사가 불철 주야로 시작된 것은 1997년 9월에 이르러서였다. 수십 년 동안 요정으로 사용된 곳이 아니던가. 그 흔적을 일소하기란 쉬운 일이 아니었다. 술 냄새와 고기 냄새, 음기를 지우기에 여념이 없었다.

12월에야 주요 건물인 극락전, 설법전, 요사채, 후원, 시민 선방 등이 개조되어 제모습을 찾아갔다. 법정은 강원도 수류산방에 주석하면서 한 번씩 길상사를 찾아 창건 준비에 여념이 없는 사부대중을 격려했다.

드디어 창건 법회를 하루 앞둔 1997년 12월 13일.

아직도 잔설이 녹아내리는 서울 성북구 성북동의 야트

막한 산비탈을 수류산방에서 온 노승이 걸어 올랐다. 법정이었다. 옛날 같으면 기녀들의 간드러진 웃음소리와 장구 소리로 시끌벅적했을 테지만 이제는 겨울새 소리가 간간이 들려왔다. 새들이 벌써 둥지를 튼 모양이었다.

요정 간판이 붙었던 곳에 '三角山吉祥寺'라 쓰인 편액이 걸렸다. 감회가 새로웠다. 정재계의 거물들이 드나들던 한국 제일의 요정이 그 음기를 모두 걷어내고 이제는 부처님이 모셔진 승보종찰 송광사의 서울 분원으로 바뀌어 있었다.

그가 들어서자 청학 스님이 부리나케 달려 나왔다.

"오셨습니까?"

"그래요."

"어서 드십시오."

"그보다 한번 둘러봐야겠구먼."

법정은 개원을 하루 남기고 마무리 공사가 한창인 길상사 이곳저곳을 둘러보았다. 올 때마다 느끼지만 하루하루가 다르다. 얼마 전까지 고기 굽는 냄새가 진동하던 곳이 이렇게 변하다니. 법정의 입가에 잔잔한 미소가 물렸다. 육중한 출입문은 일주문을 방불케 하고, 일주문을 지나니 누각에 수령 250년의 느티나무가 우람하게 서 있다.

7천여 평에 달하는 터에 세워진 건물들은 이제 옛 모습을 완전히 버렸다. 골격과 조경만이 그 시절의 흔적을 얼핏 전할 뿐이었다.

여름부터 음식점 한편 직원 숙소에 길상사 임시 현판을 내걸고 어수선한 불사를 챙겨온 총무 덕조 스님이 달려와 그를 맞았다.

덕조의 얼굴을 보고 법정이 한마디 했다.

"얼굴이 핼쑥하구나."

"아닙니다."

덕조가 뒷머리를 긁적였다. 하긴 며칠째 철야 작업이었다.

"이만하면 내일 창건 법회를 해도 손색이 없겠구나. 못다한 것은 차차 해나가면 되겠지."

"예, 스님."

덕조가 화답했다. 당연히 큰스님이라고 해야겠지만 법정이 '큰' 자 붙이는 것을 싫어하는 터라 그냥 스님이라고 한 것이다.

"이제 와 생각해봐도 잘한 일이야."

그랬다. 가람 배치와 운영 등 기본 계획을 세울 때 각계 인사 5인으로 위촉한 자문위원회는 법정의 의견에 동조하는 편이었다.

"이 가람은 설법 중심의 기존 사찰과 달라야 할 것입니다. 재가 불자들의 도량이 되어야 합니다. 쉽게 들러 도심에서도 틈틈이 수행 경험을 쌓도록 말입니다."

누군가 말했다.

"시민의 수행도량으로 가꿔 나가게 된다는 말씀이신데, 마흔두 채의 건물이 다 필요하다고는 생각지 않습니다."

"그렇습니다. 일부를 철거하도록 하지요. 쓸 만한 서른 채 정도를 골라 재정비해서 개인과 가족 및 단체의 수련 공간으로 꾸며 나가지요. 그리고 분명히 해둘 게 있습니다. 사찰 운영은 스님과 불자들이 공동으로 합니다. 수행과 교육은 스님이 맡고, 사찰 운영과 관리는 불자들이 맡아 승속이 함께하는 맑고 깨끗한 운영을 시험해보자는 말입니다."

건물은 크게 고치지 않았다. 법정은 형식보다 내용이라고 틈만 나면 강조했다. 주요 건물과 조경은 원골격을 그대로 살려 부처님의 공간으로 만들라고 했다. 그래서 술꾼과 식객이 드나들던 출입문은 손을 보아 일주문으로 썼다. 중앙 신관 극락전 법당은 금실과 은실을 고쳤고, 설법전은 오른쪽 대연회장 송실을 썼다. 경비실 겸 운전사 대기실로 쓰이던 출입문 옆 팔각정은 종각으로 탈바꿈해 놓으니 여느 절에 비해 빠짐이 없었다.

"이 건물을 그 보살님이 사들일 때만 해도 나는 속가인이었는데, 세월 참 무상하구먼. 그때 돈 360만 원을 주고 샀다는데……."

김영한 보살의 말에 따르면 당시 이곳은 산중이었다고 한다. 전란 중에는 켈로 부대가 주둔했는데 이 터를 보는 순간 마음에 들더란다. 그냥 살고 싶더란다. 포근하고 편안해 보이더란다.

"그냥 끌리더군요. 말로는 참 표현할 수 없는 묘한 느낌이었지요. 그이에게 끌리던 때가 그랬을까요."

몇 년이 지나 우연한 기회에 그 터의 주인이 될 기회가 왔을 때 그 자신이 놀랐다고 했다. 그때 처음 인연이란 말이 실감 나더라는 것이다.

법정이 잠시 생각에 잠겼는데 곁에 서 있던 덕조가 입을 열었다.

"스님, 아무래도 스님의 선실을 마련하는 것이……."

물레방아가 있는 계곡 옆 별채 특실을 법정의 선방으로 사용하면 어떻겠느냐고 했을 때, 법정은 한마디로 일축했다.

"내 방은 만들지 마라."

제자는 그래도 그게 아니라고 생각한 모양이었으나, 법정은 머리를 내저었다.

"그 특실은 스님 선방으로 활용하도록 해야 할 것이다.

특별히 내 방을 만들 것 없다."

법정은 길상사에 자기 방 하나를 만들지 않았다. 오로지 진흙탕에서 연꽃이 피듯 이 공간이 대중의 것이 되기를 염원했다. 과거에 이곳이 욕망의 배설구였다면 이제는 해탈의 해방구가 되기를 바랄 뿐이었다.

그는 이곳이 맑고 향기로운 공간이 되기를 바랐다. 부자들의 절이기보다는 가난한 이들의 공간이 되게 하고 싶었다. 그들이 와서 쉬고 그들이 주인이 되는 절을 만들고 싶었다.

어느 날 공양을 하는데 차린 반찬이 너무 많았다. 법정의 불호령이 떨어졌다.

"밥상 한번 풍성하구나."

그는 화가 나서 공양이란 말도 쓰지 않았다. 대중이 생각할 때는 그다지 잘 차린 밥상도 아니었다. 눈치를 챈 제자가 머뭇거리다가 입을 열었다.

"스님, 일꾼들도 있고 하니 그렇습니다. 이 정도는 먹습니다."

"이놈, 미쳤구나. 남들이 그래야 한다고 해도 그러지 말아야 할 놈이. 시주물의 무서움을 모른다면 무간지옥에 떨어지리라. 더욱이 여기가 어디더냐. 흥청망청 먹어치우기 위해 여기에 있다면 불사를 할 이유가 없다. 다시 이런 일이 있으면 용서치 않으리라."

그때부터 길상사의 공양은 지극이 검소해졌다.

법정은 법당 안으로 들어서 그이 앞에 삼배를 올리고 주위를 둘러보았다. 이미 바닥도 교체되었다. 부처님이 모셔진 법당은 아담하고 단아했다.

연꽃, 드디어 피다

다음 날인 1997년 12월 14일. '맑고 향기롭게' 근본 도량 길상사 창건 법회에 참석한 불자는 무려 4천 명이 넘었다.

창건 법회는 극락전에서 열렸다. 아나운서로 활동하다가 국회의원이 된 이계진이 사회를 맡았다. 언론사들의 열띤 취재 가운데 법회가 진행되었다. 김수환 추기경이 참석한 것은 의외였다. 일찍이 인품을 알아보긴 했지만 그래도 놀라운 일이었다.

언젠가 김수환 추기경을 만난 적은 있다. 아마 수덕사 대웅전이었을 것이다. 그곳에서도 뜻밖의 상황이 벌어졌다. 김수환 추기경이 갑자기 법당에 모셔진 부처님에게 절을 하는 것이 아닌가. 대범한 법정도 깜짝 놀랐다. 그래서 물었다.

"어찌 추기경님이 법당 불상에 절을 하십니까?"

그러자 추기경이 웃으며 대답했다.

"스님은 친구의 아버지를 뭐라 부르지요?"

그 말을 이해하지 못할 법정이 아니었다. 법정은 그 자리에서 합장하며 화답했다.

"추기경님은 진정 신이십니다."

두 거목의 대화는 한때 세인들의 가슴을 울렸다. 종교를 넘어선 사랑의 모습에 감동했던 것이다. 그 사랑의 모습을 몸소 보여준 그들에게 박수를 보냈다.

그랬다. 두 사람 다 자기 종교만을 믿으라고 하지 않았다. 어느 종교에 의지하든 자아 성찰을 위한 방편이 되어야 한다고 강조했다. 그러하기에 법정은 신부나 목사나 수녀들을 가까이했고, 가톨릭 수도원에서도 그에게 강연을 청했다. 일면식도 없는 꽃동네의 오웅진 신부도 그래서 만났다. 그에게 성금 2백만 원을 전달한 적도 있다.

천주교《평화신문》과 평화방송에서 부처님오신날을 맞아 법정을 초청하여 특별 대담을 마련한 일도 있었다. 대담자는 장익 주교(춘천교구장)였다.《평화신문》은 대담을 게재했고, 평화방송은 45분 간 그 내용을 방송했다. 그들의 대담은 시사하는 바가 매우 컸다.

법정은 왜 예수님이 세상에 태어나 십자가를 지셨겠느냐, 그 고난에 의미가 있듯이 부처님도 중생을 위해 이 세상에 나오신 것이고 그 또한 인연이다, 오늘 우리가 그 인연으로 인해 만나는 것 또한 인연법에 의한 것이며, 그리하여 종교의 벽이 허물어지면 독단의 울타리를 넘어 진정한 예수, 진정한 부처님의 모습을 만날 수 있을 것이라고 했다.

이에 대해 장익 주교는 법정 스님의 말에 동조한다면서, 종교 간 갈등과 마찰은 독선에서 오는 것이니 교인이 남을 위해 자신을 내주는 삶을 살아야 한다, 그게 참 삶이라는 것이다, 그 사실을 깨달을 때 분쟁은 사라지고 성인들의 진정한 모습을 만날 수 있을 것이라고 했다.

그런 의미에서 김수환 추기경의 길상사 창건 법회 참석과 축사는 큰 의미가 있었다.

이날 법정은 길상사가 가난하면서도 맑고 향기로운 도량이 되길 바란다고 했다. 세상이 어지럽지만 그럴수록 청빈해야 하며 마음의 평화를 찾아야 한다고 강조했다.

법정은 법문을 마친 뒤 김종서, 윤용숙, 김유후, 공종원 씨 등을 자문위원으로 위촉하고 아무 조건 없이 이 터를 시주한 김영한 보살에게 '길상화'라는 불명을 주었다.

연꽃은 가장 더러운 진흙에서 피어난다고 했던가. 그는 분명 진흙 바닥에서 피어난 한 송이 연꽃이었다. 1천억이 넘는 시주를 하고 받은 것은 염주 하나와 길상화라는 불명이었지만, 그녀는 이런 말을 했다.

"저는 죄 많은 여자입니다. 불교를 잘 모릅니다만, 없는 것을 만들어서 드려야 하는데 있는 것을 내놓았을 뿐이니 의미가 없습니다. 저기 보이는 팔각정은 여인들이 옷을 갈아입는 곳이었습니다. 제 소원은 저곳에서 맑고 장엄한 범종 소리가 울려 퍼지는 것입니다."

천재 시인 백석을 사랑한 그녀는 사람다웠다. 그 말은 간절했으며 가슴 깊은 곳에서 울려 나오는 진동이었다. 그 진동은 곡절 많은 그녀의 인생 슬픔을 느끼게 하고도 남았다. 그리하여 슬픔을 넘어선 비원이 서렸음을 누구나 알 수 있었다.

맑고 향기롭게 이사진은 '맑고 향기롭게 장학금'을 길상화 보살의 뜻을 살려 '맑고 향기롭게 길상화 장학금'으로 바꿔 부르기로 결의했다. 매년 전국의 중고생 30명을 선정해 장학금을 지급하기로 한 것이다.

1998년 2월 24일, 명동성당이 축성 1백 돌을 맞았다.

법정은 명동성당으로 향했다. 기념 초청 강연을 할 참

이었다. 김수환 추기경이 길상사 창건 법회 때 기꺼이 참석해 축사를 해준 것에 대한 답례 성격도 있었지만, 당연히 참석해야 한다고 생각했다. 스님이 설교단에 오르자 사람들은 긴장했다. 스님이 설교단에 오르는 것은 있을 수 없는 일이었다. 아니, 처음 있는 일이었다. 법정은 그 자리에서 성당이 축성된 지 1백 돌이 되는 해에 자신을 초대해준 성당 측과 천주님의 뜻에 깊이 감사드린다고 했다. 박수가 터졌다. 뜻 있는 이들에 의해 그렇게 종교 간의 벽이 허물어지고 있었다.

초청 강연을 하고 돌아온 그해 8월 출판사 동쪽나라에서 법문집《산에는 꽃이 피네》가 출간되었다. 개정판이었다. 그 책의 인세 중 1천만 원을 수재민 돕기 성금으로 동아일보사에 기탁했다. 도서출판 이레에서《오두막 편지》가 나온 것도 그 무렵이었다. 법정 특유의 맑은 문체가 돋보이는 산문집이었다. 오두막의 일상을 그린 서정성과 일그러진 사회를 질타하는 메시지가 담긴 글들이 한데 어우러져 있었다.

정년이 없다

얼마 후 비보가 날아들었다. 길상사 터를 시주한 길상화 보살이 폐암으로 입원을 했다는 것이다. 그녀는 우리나라 제일의 요정을 일구어낸 여걸이었지만, 백석이 보고 싶을 때면 줄담배를 피워댔던 모양이었다. 법정이 갔을 때 그녀는 한 떨기 매화꽃처럼 환하게 웃었다. 법정은 그 웃음 뒤의 눈물을 알고 있었다. 말없이 손을 잡아주었다.

죽음이 임박해지자 길상화 보살은 사랑하는 백석을 위해 '백석문학상'을 만들어 달라며 2억 원의 현금을 기금으로 내놓았다.

기자가 물었다.

"좋은 일을 많이 하셨는데 다음 생에 나시면 무얼 하고 싶으세요?"

"다시 태어나면 나도 시를 쓸 거야."

죽어가면서도 백석을 못 잊어하던 그녀는 1999년 11월 14일 눈을 감았다.

죽기 전날, 그녀는 꼭 병이 나은 사람처럼 목욕재계하고 길상사에 들렀다. 부처님께 참배하고 길상사에서 생의 마지막 밤을 묵었다.

"나를 저 눈밭에 뿌려주세요."

그녀는 다비되었다. 사십구재가 지나고 유골은 유언대로 첫눈이 길상사 도량을 순백으로 장엄하던 날 뒤쪽 언덕바지에 뿌려졌다. 법정은 유골을 뿌린 자리에 조그마한 돌로 소박한 공덕비를 만들어 세웠다. 그리고 매년 음력 10월 7일에 기제를 모셨다.

2003년 12월 13일, 고등학교 시절 정혜원에서 만났던 서옹 스님이 세수 92세로 입적했다. 군사정권의 강권에 못 이겨 종정 시절 스님들에게 법복 대신 군복을 입힐 수밖에 없었던 그의 입멸은 충격적이었다. 종정을 그만둔 후 그의 치열한 수행에서 고승의 고뇌를 이해할 수 있었는데, 주석하던 설선당 염화실에서 좌탈입망한 것이다.

염화실에 모셔진 스님은 고요히 선정에 들어 있는 듯했다. 밝은 황토색 적삼 차림이었다. 오른발 위로 왼발을 올리고, 오른손 바닥 위에 왼손을 놓은 상태였다. 고개를 약간 뒤로 젖혔는데, 콧구멍은 솜으로 막혔지만 살아 있는 듯 온화하고 인자한 얼굴이었다. 아흔 살이 넘은 스님의 좌탈입망. 그의 수행 정진이 어느 정도인지 그 살림살이를 알 만하였다.

어릴 때 본 큰스님의 다비식. 앉은 자세로 불타던 시신. 무엇이 다를까 싶었다. 스님의 관도 그렇게 짜고 있었다. 가로 85센티, 세로 75센티, 높이 85센티미터. 그리고 그날처럼 불길 속에서 사라져갔다.

생사불이生死不二의 경계를 보여주신 모습에서 느끼는 게 많았다. 법정은 길상사 회주, 즉 회를 이끄는 대주大主 자리를 내놓았다. 일찍부터 그 뜻을 비쳐왔는데 결단을 내린 것이다. 길상사를 세우기는 했지만 회주라고 해서 그곳에 몸을 눕혀본 적이 한 번도 없었다. 그 자리마저 놓은 것이다. 그렇다고 매년 봄가을에 있는 대중 법회마저 포기한 것은 아니었다.

길상사는 맑고 향기롭게 근본 도량이었다. 그는 길상사 회주에서 스스로 물러나며 맑고 향기롭게 모임의 이사장 자리도 내놓겠다는 뜻을 밝혔으나 임원들이 크게 말리고 나섰다.

"안 됩니다, 스님."

어쩔 수 없는 일이었다. 주지 한 번 맡지 않은 그였지만 자신이 뿌린 씨였다. 그러나 차츰 틀이 잡히자 그마저도 벗어버렸다. 안 된다고 해도 그는 이렇게 말했다.

"수행에는 정년이 없으나 직위에는 반드시 정년이 있어야 한다."

많은 이가 아쉬워했지만 법정은 짐을 벗었다는 생각에 날아갈 듯했다. 그때쯤 지인들에게는 이런 말을 자주 했다.

"때가 되면 아무도 모르는 곳에 가서 육신을 벗어버리고 싶어."

올챙이의 항변

법정은 모든 지위를 벗어던졌지만 맑고 향기롭게 근본 도량인 길상사에서 그간 격월로 해오던 대중 법문에는 봄가을로 참석했다. 4월과 10월, 1년에 두 번은 챙겼다.

어느 날 그동안 그를 못마땅하게 여기던 선승이 수류산방으로 찾아와 이렇게 말했다.

"그동안 그대를 쭉 지켜보았는데 그대는 도대체 무어요? 선승이오, 학승이오? 선승이면 선승답게 알음알이를 버려야 할 것이요, 학승이면 학승답게 경전에 일관하시오. 선승이라고 하면서 글을 쓰고 책을 내고 돈을 벌고 있으니, 이게 말이 되는 소리요?"

법정은 이 올챙이 같은 선승의 물음에 대답할 필요를

느끼지 않았지만 승의 시퍼런 신심이 칼날이 되어 심장을 찔렀다. 그러고 보니 이 자가 선승의 대표격인 성철 스님의 경지를 알기나 할까 하는 생각이 들었다. 성철 스님이 종조를 알음알이나 밝히는 지해종도라 하여 독나무에 비교하고 나서니까 덩달아 어깨에 힘이 들어갔는지 모르지만, 성철 스님의 뜻은 사실 다른 데 있었다.

법정은 성철 스님을 알 만큼 알았다. 법정은 해인사에 있을 때 교무라는 직책을 맡은 적이 있었다. 그즈음 성철 스님은 자신을 만나려면 3천 배를 하라고 했다. 말뜻인즉 부처를 알려면 신심이 그 정도는 되어야 한다는 의미였는데, 사람들은 3천 배를 해서라도 성철 스님을 만나려고 했다. 성철 스님도 그런 이를 만나주지 않을 수 없었다. 그러다 보니 성철 스님을 만나려면 3천 배를 하는 게 정석이 되어갔다. 그러자 법정은 비판을 제기했다. 3천 배는 본의를 잃고 굴신운동으로 변질되고 있다고 한 것이다. 그 바람에 성철 스님과 법정의 사이가 묘해졌다. 성철 스님 측에서 법정이 쓰던 방을 폐쇄해버렸다.

법정은 하는 수 없이 서울로 자리를 옮겼다. 성철 스님은 뒤늦게야 자신에게 충성하려는 제자들이 법정을 내쫓았다는 사실을 알고 이렇게 말했다.

"왜 시키지 않은 일을 했느냐. 법정은 그래도 펜대를 눕히지 않고 꼿꼿이 세우고 있는 사람이야. 글 쓰는 자가 펜대를 눕히면 무방의 경지를 어떻게 보겠는가."

나중에 그 말을 들으면서 법정은 성철 스님의 무애함을 알아보았다. 그는 이미 선교를 떠난 세계에 놀고 있는 것이다. 중생들이 무방의 경지를 모르니 역설적으로 가르침을 펼치고 있다는 생각이었다.

그렇다 하더라도 선승들이 와서 이런 소리를 할 때면 자괴심이 이는 것을 참아내기 힘들었다. 안 그래도 글로 인해 욕을 먹을 만큼 먹던 참이었다. 학생들에게 장학금을 줘야 하기에 기댈 곳은 출판사뿐이었다.

"왜 인세가 들어오지 않는 게요?"

그럼 곧 보내주겠다고 하면서도 웬 중이 이렇게 돈을 밝히는지 모르겠다고 머리를 내젓는다는 걸 모르는 바 아니었다. 책을 낼 때 마다 출판사 쪽에서는 자신들을 믿으라며 가능한한 인지를 안 붙이려 해도 꼭 붙여야 한다고 고집하는 것은 그들을 의심하기 때문이 아니었다. 인지 나가는 것으로 정확한 판매 부수를 계산해 장학금 예산을 짤 수 있었기 때문이다.

물론 승도 인간인데 허물이 없기야 하겠는가. 하지만 단 한 번도 안거에 빠져본 적이 없고, 나름대로 불교의 대중화에 힘써왔다. 그런데 얼치기 선승들의 눈에 하안거나

동안거의 선 수행이 고통스러워서 방 안에 앉아 글이나 긁적이는 것으로만 보였다면 대답할 이유가 없었다. 이미 선과 교를 넘어온 그였다.

그런 비난 따위에는 눈도 깜박하지 않고 샘터사에서 《홀로 사는 즐거움》이란 수상집을 출판했다. 《오두막 편지》 이후 5년 만에 펴내는 신작 산문집이었다. 모든 직함을 벗고 존재에 대한 성찰을 위해 정진하는 수도자로서의 소회를 기록했다.

병마

수행은 계속되었다. 2007년에 접어들면서 새벽이면 이상하게 기침이 났다. 기침이 나면, 부처님이 공부를 하라고 깨우는구나, 하고 일어나 참선에 들곤 했다.

제자들이 와서 보고는 아무래도 이상하다며 병원에 가보자고 했다. 거의 강압적이었다. 하는 수 없이 병원에 가서 진찰을 받으니 폐암이었다. 아버지가 생각났다. 아버지도 폐암으로 세상을 버렸기 때문이다.

상좌들이 가만 있지 않았다. 문도들 또한 마찬가지였다. 그들의 강권에 못 이겨 미국으로 건너갔다. 그러나 치료 성공률이 4퍼센트라며 세계 최고 권위의 의사들이 치료를 주저했다. 법정은 돌아가자고 했으나 상좌와 문도들이 머리를 내저었다.

"스님은 일반인과 다릅니다. 수행자이기에 병을 이겨낼 것입니다."

그래서일까. 치료를 시작하고 나서 의사들이 놀랐다. 현대의학으로는 설명이 불가능할 정도로 차도를 보였기 때문이다.

미국에서 치료를 마치고 2008년 2월 귀국했다. 다시 길상사에서 정기 대중 법문도 하고 글도 썼다.

가을에는 《아름다운 마무리》란 수상집을 냈다. 병으로 삶과 죽음의 경계를 넘나들던 그다운 글이었다. 그는 책에서 "삶은 순간순간이 아름다운 마무리이자 새로운 시작이어야 한다"고 강조했다. 출판사의 말대로 상처 입은 이에겐 따뜻한 위안을, 방향을 잃고 흔들리는 이에겐 당당한 삶의 길을 제시하는 귀한 글이었다.

다음 해인 2009년 2월 16일, 또 하나의 슬픈 소식이 전해졌다. 김수환 추기경의 선종이었다. 가슴이 먹먹했다.

10여 년 전이던가. 성북동 길상사가 개원하던 날, 흔쾌히 자신의 초청을 받아주신 분이었다. 법당 안에서 축사까지 해 종교 간의 벽, 개인 간의 거리를 허물어뜨리신 분이었다. 그 인간애와 감사함이 늘 마음속에 일렁이고 있었는데 이리도 허망하게 가시다니.

금방이라도 어느 날처럼 소식도 없이 절 마당 안으로 걸어 들어오실 것 같았다.

나란히 앉아 연등 아래서 함께 음악회를 즐기던 그때가 언제였는지. 아마 부처님이 오신 4월 초파일이었을 것이었다. 그때 깨달았다. 인간의 추구는 영적인 온전함에 있다는 것을. 우리가 늘 기도하고 참회하는 이유도 거기에 있었다. 깨지고 부서진 영혼을 다시 온전한 하나로 회복시키는 것, 그것이 바로 종교의 역할이었다.

김수환 추기경을 떠나보내며

우리 안의 벽
우리 밖의 벽
그 벽을 그토록
허물고 싶어하던 당신

다시 태어난다면
추기경이 아닌
평신도가 되고 싶다던 당신

당신이 그토록 사랑했던
이 땅엔 아직도
싸움과 폭력
미움이 가득 차 있건만

봄이 오는 이 대지에
속삭이는 당신의 귓속말

살아 있는 것은 다 행복하라
사랑하고 또 사랑하라
그리고 용서하라

_법정, 《조선일보》, 2009년 2월 20일.

이제 돌아가노라

법정은 김수환 추기경을 보내고 4월에 다시 자리보전했다. 회복된 줄 알았던 병고가 재발한 것이다. 그는 병마와 싸우면서도 제자들이 오면 따뜻하게 묻곤 했다.

"밥은 먹고 다니냐?"

"꽃이 많이 피었지?"

꽃을 화병에 꽂아놓으면 말없이 꽃잎을 만져보았다. 그리고 수발드는 시자에게 이렇게 말하곤 했다.

"지금 내 소원이 뭔지 알아?"

"뭔데요?"

"사람들에게 폐 끼치지 않고 하루빨리 다비장 장작으로 올라가는 것이야."

해남 미황사 금강 스님이 음악 하는 노영심 편에 눈 맞은 동백꽃과 매화 꽃송이들을 보내오자, 법정은 한동안 말없이 꽃을 바라보았다.

금강은 법정이 고등학교 시절 목포 정혜원에서 만났던 서옹 스님을 모시던 스님이었다. 인연이란 그렇게 묘한 것이었다. 그는 서옹 스님과 고불총림 백양사에서 참사람 수행결사 모임을 이끌다가 땅끝마을 미황사로 내려가 그곳을 일으켜 사람들에게 희망을 주고 있었다.

법정은 잠시 생각에 잠겼다가 그가 보낸 꽃잎들을 하나하나 만지면서 꽃들에게 말했다.

"내가 못 가니 네가 왔구나. 올라오느라 고생했다."

2010년 3월. 그동안 제자들이 극진히 보살폈으나 이미 생명의 불은 꺼져가고 있었다. 그래도 좌중을 웃게 할 만큼 의식은 말짱했다. 입적하기 이틀 전인 3월 9일, 속가 가족들이 찾아왔다. 현장 스님의 속가 어머니(법정의 사촌 누이)와 법정이 출가한 사이 어머니를 지킨 정란이 온 것이다. 현장 스님은 전남 보성 대원사 주지로, 봉은사 다래헌에 머물 때 불일암을 짓던 법정을 시봉하다가 불일암 낙성식 날 송광사 방장이자 법정의 사형인 구산 스님으로부터 계를 받았다. 법정과는 속가에서도 조카, 불가에서도 조카가 되어 80년대 말부터 '부처님을 그리면 부처가 된다自性佛'는 사불선寫佛禪으로 일가를 이루었다.

사촌 누이와 정란은 법정의 손을 잡고 울었다. 어머니를 지키던 정란을 법정은 정다운 눈길로 바라보았다. 고맙구나. 고마워. 이 세상에 내 부모 형제 아닌 인연이 어디 있으랴. 이제야 어머니의 큰마음을 알 것 같으니.

속가 여동생의 손을 꼭 잡고 법정은 처음으로 따뜻한 말을 건넸다.

"꿋꿋하게 살아가거라."

"오라버니!"

정란이 눈물을 삼키며 울었다. 현장 스님의 어머니가 말했다.

"스님, 나요. 아프다고 해서 마지막으로 보러 왔소."

법정은 마지막이 아니라고 했다. 다시 볼 수 있다고 했다. 현장 스님의 어머니가 웃으면서, 어디 가면 볼 수 있느냐고 물었다. 그러자 불일암으로 오라고 했다.

"불일암은 내가 다리 아파서 못 가요."

이 소리를 듣고 법정은 또렷한 소리로 말했다.

"그럼 길상사로 오시오. 날 볼 수 있을 테니."

법정은 결코 내세에서나 다시 보자는 말은 하지 않았다.

병문안을 하는 사람보다 오히려 법정이 더 여유가 있어 보였다. 아마 그것이 그의 마지막 불꽃이었는지도 몰랐다.

다음 날 법정은 마지막을 예감했는지 길상사로 가고 싶다고 했다. 제자들이 그를 길상사로 모셨다.

법정은 마지막으로 길상사를 돌아보면서 문득 산으로 오르겠다고 결심하던 때를 떠올렸다. 그때가 언제였던가. 인생을 회의하던 시절. 참혹한 전쟁의 소용돌이 속에서 인간 존재에 대한 물음 앞에 마주서지 않을 수 없었던 시절. 그림자만 보아도 왈칵 울음이 쏟아지던 그 시절. 그 시절이 그리워 어쩌다 산을 내려가기라도 할라치면 왜 그렇게 세상은 낯설어 보이던지.

법정은 자신도 모르게 산으로 돌아와 쓰던 시를 입속으로 씹었다.

내 그림자는

너를 돌아다보면
울컥, 목이 매이더라
잎이 지는 해질녘
귀로에서는—.

앉을 자리가 마땅치 않아
늘 서성거리는

서투른 서투른 나그네.

산에서 내려올 땐
생기에 파아랗더니
도심에 티끌에 빛이 바랬는가?

‘피곤하지 않니’
‘아아니 괜찮아—’
하지만
21번 합승과

4번 뻐스 안에서
너는 곧잘 조을고 있더라
철가신 네 맥고모처럼.

오늘도 너는 나를 따라
산과 시정의 기로에서
수척해졌구나
맑은 눈매에는
안개가 서리고—.

'스님, 서울중 되지 마이소'

그래

어서 어서 산으로 데려가야지

목이 가는 너를 돌아다보면

통곡이라도 하고 싶어

안스러운 안스러운 그림자야—.

_법정, 《대한불교》, 1965년 10월 17일.

법정은 눈을 감고 가만히 지나온 길을 떠올렸다. 이 세상의 나그네가 되어 살아온 세월들. 아아, 저기 세상을 비치는 달빛.

그는 손바닥을 들어 손가락으로 글을 쓰기 시작했다.

그 모습을 보면서 속가의 외조카요 상좌인 현장 스님은 법정이 써준 열반송을 떠올렸다.

산이건 물이건 그대로 두라

하필이면 서쪽에만 극락세계랴

흰구름 걷히면 청산인 것을.

현장 스님의 눈에서 눈물이 흘러내렸다. 이제 마지막인

데 열반송 한 소절 남길 수도 있는 것을. 한 점 티끌도 남기지 않으려는 극한의 길이 눈물겨워 그는 울었다. 울면서 이해해야 한다고 생각했다. 무설법문이 어디 따로 있겠는가. 언젠가 법정은 말했다. 내가 말한 모든 것 그거 다 군더더기. 이제 꽃을 피웠으니 가야지. 바람 불어 그 꽃잎 져 다시 오려면.

현장 스님이 그런 생각을 하는 사이 법정은 환하게 쏟아지는 달빛을 보고 있었다. 잔잔한 애상이 가슴을 재우쳤다.

그래, 저 달빛 속으로 가자. 거기가 낙원일 것이다. 너무 오래 서 있었다.

그래, 나는 입석자立席者일지도 모른다. 언제였던가. 그 외롭던 밤들. 촛불마저 꺼버리고 달빛을 의지하고 앉았을 때 어둠을 밝히던 저 달빛. 그 달빛이 물었다.

왜 앉지 않고 서 있느냐고.

그럴 때마다 세상을 향해 서 있어야 한다고 대답했다. 두 눈 형형하게 뜨고 세상을 향해 꼿꼿하게 서 있어야 한다고 생각했다. 그때 아마 그 시를 썼지.

입석자

그에게는
칼렌다를 걸어둘 벽이 없다.

바람소리 들으며
먼 산 바라볼 창이 없다.

꿇어앉아
마주 대할 상像이 없다.

계절이 와도
씨를 뿌리지 못한다.

그는 늘
엉거주춤한 앉음새로
지도가 붙은 수첩을 꺼내들고
다음날 하늘 표정에 귀를 모은다.
그는
구름 조각에 눈을 팔리느라
지상의 언어를 익히지 못했다.

그는
뒤늦게 닿은 시민이 아니라,
너무 일찍 와버린 길손이다.

그래서
입석자는
문밖에 서성거리는
먼길의 나그네다.

_법정,《대한불교》, 1967년 2월 26일.

그는 언젠가 썼던 시를 떠올리다가 눈을 감았다. 그래, 이 세상의 나그네가 되어 세상을 향해 서서 무엇을 했던가. 정녕 무엇을 했던가. 가자, 다시 오려면. 내가 피운 저 꽃잎들, 바람 불어 지면 그 꽃잎 피우기 위해 다시 오려면.

바람이 문풍지를 흔들었다.

가만히 눈을 감고 지나온 세월을 떠올렸다. 문풍지를 흔들고 들어온 바람이 가슴속으로 길길이 밀려들어 송곳 같은 날을 세웠다. 통렬한 너의 반성 없이 어디로 도망치려 하느냐는 송곳날이 가슴 깊숙이 파고들었다.

그래, 저 저잣거리 사람들과 내가 무엇이 달랐을까. 내가 먹물 법복을 걸치고 그들을 중생으로 보았던가.

'무엄'이란 말이 입속에 씹혔다.

도대체 그들과 내가 무엇이 다르기에? 다른 것은 없었다. 나를 인간답게 만든 것은 내가 아니라 그들이었다. 내가 여기에 어떻게 왔던가? 그리하여 그 이치를 어떻게 참답게 깨달을 수 있었던가?

그것은 바로 세상의 힘이었다. 나는 그들과 하나도 다를 바 없는 인간이다. 부처가 아니다. 그럼 내가 참다운 인간이 되었는가? 부처는 저기 웃고 있지 않은가!

그래, 내가 모든 것을 놓고 간다고 하더라도 나를 참다운 인간으로 만들어준 세상을 향해 인사는 하고 가야지. 우주의 이치를 깨달은 양 열반송이나 휘갈기고 갈 것이 아니라, 이 세상을 향해 감사와 사죄의 말씀을 드리고 가는 것이 도리이지 싶었다.

"나를 좀 일으켜다오."

제자들이 그를 일으켜 앉혔다.

"종이와 펜을 좀 가져오너라."

제자들이 종이와 펜을 가져오자 그는 잠시 기도한 후 먼저 이렇게 썼다.

남기는 말

1. 모든 분들에게 깊이 감사드립니다. 어리석은 탓으로 제가 저지른 허물은 앞으로도 계속 참회하겠습니다.

참회라는 말을 쓰고 나자 속에서 울컥 불덩이 같은 것이 치받았다. 그동안 그 말을 잊고 살았구나. 매순간이 참회의 순간인 것 같았는데 그걸 잊고 있지 않았는가. 그는 마음을 다스리고 다시 글을 써 나갔다.

2. 내 것이라고 하는 것이 남아 있다면 모두 '사단법인 맑고 향기롭게'에 주어 맑고 향기로운 사회를 구현하는 활동에 사용토록하여 주시기 바랍니다. 그러나 그동안 풀어놓은 말빚을 다음 생으로 가져가지 않으려 하니, 부디 내 이름으로 출판한 모든 출판물을 더 이상 출간하지 말아주십시오.

3. 감사합니다. 모두 성불하십시오.

2010년 2월 24일 법정(속명 박재철)

그렇게 세상을 향해 인사하고 나니 마음이 홀가분하다.

열반송 한 줄도 남기지 않으려던 그는 속죄하는 마음으로 그렇게 썼다. 그래, 내 것이 어디 있겠는가. 내 것은 없다. 내 머리, 마음속에서 나왔다고 하지만 그게 어디 내 것이겠는가. 한량없는 부처님의 말씀이 왜 이제 굴레가 되었는가. 종교라는 굴레를 만들고자 그분이 산을 내려왔던가. 미혹한 중생의 무명을 밝혀주려 했던 것이다. 이미 그분이 깨쳤을 때 세상의 모든 것이 무명에서 깨어났다. 그분의 말씀, 그 진실이 거기 있었다. 그런데 나는 내 말과 글을 진실인 양 했다. 세상의 밥을 먹고 세상의 추앙 속에서 내 글이 진실인 양 하고 그들을 속였다. 그들을 제도한다는 미명 아래 그들을 속였다. 말해 보라. 네가 이 세상에 와 진실로 그들을 안내했는가. 저 언덕으로? 저 언덕을 아는 척했다. 정말 알고 있느냐? 같이 가자고 했다고? 가는 길을 확실히 모르면서 안내하고자 했다면 그것은 모순이다. 모순이라면, 세상을 살아오면서 느끼고 이해하고 생각하고 판단하고 추리하고……. 그 누추한 감정들을 감성적으로 풀어내는 저잣거리의 땡초와, 허접한 글쟁이와 무엇이 다르랴. 진정 내가 한 작업들이 적멸의 세계는 아니지 않느냐. 단 한 번이라도 진실로 대답해 보라. 너의 모든 것. 그것이 깨침의 세계인가. 그것이 진실한 무방인가. 그것이 진실한 역설인가. 예술 지상주의

자의 넋두리는 아닌가. 감정과 감성을 무기로 삼은 지식의 소산! 그러면서 모든 강물이 결국에는 예술이라는 바다로 일어날 것이라고 생각했다. 그것이 중생제도라고 생각했다. 어떤 사상도, 어떤 신념도, 어떤 철학도, 어떤 신앙도, 결국에는 예술에서 꽃이 된다고 생각했다. 도가 예가 되려면, 예가 도가 되려면 순수무구純粹無垢의 경지에 들어가야 한다. 그래야 도와 예가 하나가 되는 것이다. 구도의 방편으로 예를 택했다면 마음의 깨침 그대로가 도의 경지에 이르러야 한다. 그것이 승이 가지는 예의 입장이다. 그럼 너는 그 경지를 얻어냈는가. 그 경지에서 중생을 인도했는가. 너의 글이 도의 궁극적 모습이었는가. 허접한 글로 중생의 마음은 훔치지 않았다고?

법정은 눈을 감고 머리를 내저었다.

아니다. 열반도 아니고, 적멸도 아니었다. 대오도 아니고, 무방의 경지는 더더욱 아니었다. 미혹의 정점인 또 하나의 굴레를 만들고 있었다. 그것이 바로 나를 옭아매는 미망이었고, 문자로 중생심을 훔쳐 그들의 대승심을 흔들어 대오를 막았다. 그 죄를 어이할 것인가.

굴레는 내가 만들고 있었다. 중생제도라는 너울을 뒤집어쓰고 글을 팔아 굴레를 만들고 있었다. 베풀었다? 무엇을? 몇 쪽의 글과 몇 푼의 보시? 그래서 중생을 구했다?

너와 내가 진정 하나가 되는 불이不二의 경지에서 베풀어 본 적이 있었는가?

그런 나를 떠받들던 저 자식子息들. 아아, 그들은 결코 나와 같이 굴레나 만드는 이들이 되어서는 안 될 터인데.

그런 생각이 들자 그는 제자들을 불렀다. 그들을 하나 하나 살펴 보았다.

내가 저들과 무엇이 다른가. 어이 하나? 아직도 저들은 나처럼 서서 저기 있는데…….

자식들을 두고 떠나는 아비 어미의 마음이 이러할까. 그 어둡던 밤. 어머니가 그리워 울던 시절. 그때의 마음이 이리 곡진할까. 내 마음이 낳고 내 품에서 울며 웃던 저 자식들…….

저들이 이 험난한 세상을 어떻게 열어갈까. 각기 제 나름대로의 인생을 잘 살다 가면 좋으련만. 세상의 빛이 되고, 세상의 올바른 길동무가 되어주면 좋으련만.

그는 다시 다음과 같은 글을 쓰기 시작했다.

상좌들 보아라

1. 인연이 있어 신뢰와 믿음으로 만나게 된 것을 감사한다. 괴팍한 나의 성품으로 남긴 상처들은 마지막 여행길에 모두 거두

어가려 하니 무심한 강물에 흘려보내주면 고맙겠다. 모두들 스스로 깨닫도록 열과 성을 다해서 거들지 못하고 떠나게 되어 미안한 마음 그지없다. 내가 떠나더라도 마음속에 있는 스승을 따라 청정수행에 매진하여 자신 안에 있는 불성을 드러내기 바란다.

2. 덕조는 맏상좌로서 다른 생각하지 말고 결제 중에는 제방선원에서 해제 중에는 불일암에서 10년간 오로지 수행에만 매진한 후 사제들로부터 맏사형으로 존중을 받으면서 사제들을 잘 이끌어주기 바란다.

3. 덕인, 덕문, 덕현, 덕운, 덕진과 덕일은 덕조가 맏사형으로서 존중을 받을 수 있도록 수행을 마칠 때까지는 물론, 그 후에도 신의와 예의로 서로 존중하고 합심하여 맑고 향기로운 도량을 이루고 수행하기 바란다.

4. 덕진은 머리맡에 남아있는 책을 나에게 신문을 배달한 사람에게 전하여 주면 고맙겠다.

5. 내가 떠나는 경우 내 이름으로 번거롭고 부질없는 검은 의식을 행하지 말고, 사리를 찾으려고 하지도 말며, 관과 수의를

마련하지 말고, 편리하고 이웃에 방해되지 않는 곳에서 지체 없이 평소의 승복을 입은 상태로 다비하여 주기 바란다.

2010년 2월 24일 법정 박재철 서울 성북구 성북동 323

그렇게 쓰고 그는 마지막이 왔음을 예감했다. 문득 아버지의 등에 업혀 어린 날 보았던 다비장의 모습이 떠올랐다. 항아리 속에서 영롱하게 빛나던 수행의 결정체. 그는 생각했다. 이제 그것마저도 놓아버려야 한다고. 그것이 참다운 열반의 길일 것이었다. 참다운 적멸.

그는 천천히 숨을 몰아쉬고 제자들을 향해 이렇게 말했다.

"내 이제 가리니 장례식을 하지 마라. 평소 쓰던 대나무 평상 위에 내 몸을 올리고 다비하여라. 다시 말하거니와 사리를 찾지 마라. 재는 강원도 오두막의 꽃밭에 뿌려다오."

세상과의 이별

2010년 3월 11일 오후 1시 52분.

"내가 부처님보다 더 살 수야 없지, 부처님은 여든에 가셨으니까 그보다는 일찍 갈 것"이라던 한 생명이 정말 여든 살을 넘기지 않고 적멸 속으로 사라졌다. 목포 유달산 자락에서 자라며 등대지기가 되고 싶었던 사람. 인생에 회의를 느끼고 산문에 들어 중생을 위해, 부처의 법을 전하기 위해 평생을 바친 사람. 그는 그렇게 갔다.

길상사의 범종이 울었다. 이 세상과 영원한 이별을 고하는 범종이 울었다.

그가 입멸하자 조계종 총무원장 자승 스님이 애도문을 발표하고, 조계종 총무원은 법정 스님에게 최고의 법계인

대종사를 추서하기로 결정했다. 그의 입적이 알려지면서 불자들의 발길이 이어졌다. 눈물을 참지 못하는 이들도 있었다.

이명박 대통령도 조전을 보내 "수많은 저서와 설법을 통해 남겨진 큰스님의 맑고 향기로운 지혜와 마음은 우리 가슴속에 오래 남을 것"이라고 애도의 뜻을 표했다. 천주교 서울대교구장 정진석 추기경은 "고통받는 중생들에게 많은 위로와 사랑을 주셨던 스님의 원적은 불자뿐 아니라 모든 국민에게 큰 슬픔"이라는 애도문을 발표했다. 원불교 김주원 교정원장도 "스님은 물질이 개벽된 시대에 소유하지 않음으로써 행복할 수 있음을 알려주셨던 분"이라고 애도했다.

평소 각별한 정을 나누던 이해인 수녀는 다음과 같은 글로 그의 죽음을 애도했다.

법정 스님께

언제 한번 스님을 꼭 뵈어야겠다고 벼르는 사이 저도 많이 아프게 되었고 스님도 많이 편찮으시다더니 기어이 이렇게 먼저 먼 길을 떠나셨네요.

2월 중순, 스님의 조카 스님으로부터 스님께서 많이 야위셨다는 말씀을 듣고 제 슬픔은 한층 더 깊고 무거워졌더랬습니다. 평소에 스님을 직접 뵙진 못해도 스님의 청정한 글들을 통해 우리는 얼마나 큰 기쁨을 누렸는지요!
우리나라 온 국민이 다 스님의 글로 위로받고 평화를 누리며 행복해 했습니다. 웬만한 집에는 다 스님의 책이 꽂혀 있고 개인적 친분이 있는 분들은 스님의 글씨를 표구하여 걸어놓곤 했습니다.
이제 다시는 스님의 그 모습을 뵐 수 없음을, 새로운 글을 만날 수 없음을 슬퍼합니다.
'야단맞고 싶으면 언제라도 나에게 오라'고 하시던 스님. 스님의 표현대로 '현품대조'한 지 꽤나 오래되었다고 하시던 스님. 때로는 다정한 삼촌처럼, 때로는 엄격한 오라버님처럼 늘 제 곁에 가까이 계셨던 스님. 감정을 절제해야 하는 수행자라지만 이별의 인간적인 슬픔은 감당이 잘 안 되네요. 어떤 말로도 마음의 빛깔을 표현하기 힘드네요. (…)
"…구름 수녀님. 올해는 스님들이 많이 떠나는데 언젠가 내 차례도 올 것입니다. 죽음은 지극히 자연스러운 생명 현상이기 때문에 겸허히 받아들일 수 있어야 할 것 같습니다. 그날그날 헛되이 살지 않으면 좋은 삶이 될 것입니다……. 한밤중에 일어나(기침이 아니면 누가 이런 시각에 나를 깨워주겠어요) 벽에 기대어 얼음 풀린 개울물 소리에 귀를 기울이고 있으면 이

자리가 곧 정토요 별천지임을 그때마다 고맙게 누립니다……."

2003년에 제게 주신 글을 다시 읽어봅니다. 어쩌다 산으로 새 우표를 보내 드리면 마음이 푸른 하늘처럼 부풀어 오른다며 즐거워하셨지요. 바다가 그립다고 하셨지요. 수녀의 조촐한 정성을 늘 받기만 하는 것 같아 미안하다고도 하셨습니다. 누군가 중간 역할을 잘못한 일로 제게 편지로 크게 역정을 내시어 저도 항의편지를 보냈더니 미안하다 하시며 그런 일을 통해 우리의 우정이 더 튼튼해지길 바란다고, 가까이 있으면 가볍게 안아주며 상처받은 맘을 토닥이고 싶다고, 언제 같이 달맞이꽃 피는 모습을 보게 불일암에서 꼭 만나자고 하셨습니다.

이젠 어디로 갈까요, 스님. 스님을 못 잊고 그리워하는 이들의 가슴 속에 자비의 하얀 연꽃으로 피어나십시오. 부처님의 미소를 닮은 둥근 달로 떠오르십시오.

_이해인, 《동아일보》, 2010년 3월 12일.

불속에 피는 꽃

12일 오전 11시, 길상사 극락전 앞마당. 대나무 평상에 법정 스님의 법구가 올려졌다. 관도 없이 천으로 감싼 모습이었다. 그는 대나무 평상 위에서 세상과 작별을 했다.

극락전 앞에서 부처님께 마지막 예배를 드리고, 운구 행렬은 다비식이 진행되는 전남 순천의 송광사로 이운되었다.

13일. 송광사 경내는 법정의 유언대로 울긋불긋한 만장 하나 없었다, 연꽃으로 장식한 관도 없었다. 수의도 없고, 조사도 없고, 행장도 없었다. 평소 입던 가사로 동여맨 스님의 유해만 대나무 평상 위로 덩그러니 놓여 있을 뿐이었다. 이윽고 열 명의 스님이 법구를 어깨에 멨다.

스님들이 둘러멘 대나무 평상도 그가 평소 사용하던 그 평상이 아니었다. 유지에 따라 수류산방의 대나무 평상을 가져오려고 했지만, 며칠째 폭설이 내리는 바람에 급히 다른 대나무 평상을 구한 것이다. 주인 잃은 평상은 그의 오두막에 덩그러니 세워져 있었다.

죽어도 제 것 하나를 가지지 못한 사람…….

박새가 울었다. 그가 보이지 않으면 '스님, 방 안에 있어요?' 하고 부리로 문을 두드리다가, 그래도 안 되면 창호지를 뚫던 박새가 울었다.

장작개비와 밥솥 하나, 그릇 몇 개가 전부인 공양간. 그 차디찬 바닥에 이제 잠을 깨고 일어난 두꺼비가 영문을 모르고 눈을 껌벅거리며, '스님, 어디 갔어요?' 하고 찾아다니다가 그를 기다리고 있었다.

오전 10시. 법정 스님의 법구는 대웅전 앞뜰에 멈추어 부처님께 삼배했다.

이제 갑니다. 살아 가진 것 없었으나, 가진 것 없던 그것마저 놓고 갑니다. 바람이 될 것입니다. 흙이 될 것입니다. 불이 될 것입니다. 물이 될 것입니다. 그리하여 이 우주를 떠받칠 것입니다. 감사했나이다. 보잘것없는 저를 진리의 전당으로 이끄시어 사람 되게 하신 나의 수호신이시여, 감사하나이다. 이제 그 모든 것 놓고 갑니다. 법구는 다비 장소로 이동했다. 한 발 한 발…….

바람이 불었다. 가진 것 없이 살던 사람의 옷깃을 붙잡듯 그를 덮은 가사를 흔들었다.

신도들이 "석가모니불"과 "나무아미타불"을 염하며 그 뒤를 따랐다. 검정 옷을 입은 천주교 수녀도 있었다. 모두가 하나였다.

모두를 하나 되게 하던 법구가 숯을 깐 장작 위에 놓였다. 그 위로 굵다란 장작이 여러 층 쌓였다. 갑자기 다비장이 적막 속에 잠겼다. 다들 두 손을 모으고 합장했다.

'스님, 잘 가세요. 당신이 보여주신 정신을 잊지 않을 것입니다.' 큰스님들의 손에 불이 들려 있었다.

누군가 외쳤다.

"스님! 스님! 불 들어갑니다아!"

그러자 산중에 있던 추모객들도 큰 소리로 불렀다.

"스니임! 불 들어갑니다! 어서 나오세요!"

불길이 올랐다.

신도들이 울음을 터뜨렸다.

"나무아미타불……."

염불 소리가 산천을 감았다. 그의 마지막 법문이 불길이 되어 사람들의 마음에 아로새겨지고 있었다. 무언의 설법이었다. 만장을 만드는 시간에, 연꽃을 만드는 시간에, 관을 만드는 시간에 분과 초를 아껴 공부에 매진하라는 말없는 설법이었다. 모든 소유의 욕심을 버리라는 소리 없는 가르침이었다. 남을 배려하는 맑고 향기롭고 아름다운 마음을 가져야 한다는 무언의 가르침이었다.

그토록 많은 저서를 남긴 사람이 열반송 하나 남기지 않고 그렇게 갔다.

"장례식을 하지 마라. 사리를 찾지 마라. 재는 오두막의 꽃밭에 뿌려라."

그것이 곧 그의 열반송이었다.

법구 위로 불길이 타오르자 길상사 주지인 상좌 덕현 스님이 말했다.

"이 무상한 불길 속에서 연꽃처럼 피어나는 법정 스님의 뜻을 우리의 삶 속에 새겨야 할 것입니다. 불길 가운데 연꽃이 피어나는 (火中生蓮) 이치가 여기에 있지요."

그를 태운 재는 그의 오두막 주위에 뿌려졌다.

빈 오두막. 물은 흐르고 꽃은 피는데 그는 어디로 갔을까.

문을 열어보면 그가 거기 있다. 그와 마주 앉으면 무서울 것이 없다. 그의 말은 전설이 되고, 그 전설은 현실이 된다. 바람에 실려 꽃이 되고, 새가 되고, 벌과 나비가 된다. 나무가 되고, 별이 되고, 달이 되고, 해가 된다.

오두막의 눈이 녹아내리면 그는 다시 올 것이다. 성큼성큼 돌다리를 건너 대바람 소리를 들으며 올 것이다. 그는 다시 와 우리에게 무소유의 참됨을 가르칠 것이다.

에필로그

작년 초여름이었지 싶다. 함박꽃이 피면 가끔 찾아오던 지우가 왔다. 함박꽃나무는 산지에서 자라는 나무다. 6월 무렵 피는 꽃 생김이 목련꽃 비슷하다고 해서 산목련이라고도 하고, 나무에 핀 난蘭꽃 같다고 해서 산목란이라고도 한다. 산골짜기에서 나는 낙엽소교목인데 꽃향기가 많아 바람이 불면 그 정취가 그만이다. 이사를 오기 전에 정원수로 그 꽃나무를 몇 그루 길렀는데, 아파트에 사는 사람이라 이곳저곳 기웃거리며 그리워하곤 했다.

"산목란 향기가 그립구나."

난을 유달리 좋아하는 사람이라 더욱 그 꽃이 그리운 모양이었다.

"어쩐 일인가?"

"난꽃이 피었나 해서……. 여전히 소식이 없지?"

"그래."

재작년 어느 날 지우 집을 방문했더니 난 받침대에서 솎아낸 난 한 분이 유독 내 시선을 끌었다.

"왜?"

난이라고 하면 시장 바닥의 허드레 같은 난 한 분도 귀하게 여기는 사람이라 내가 물었다.

"꽃 필까 10년을 기다렸는데 벌써 13년이 넘어가도 꽃 필 생각도 않네."

그래서 자리바꿈을 좀 하려고 솎아놓았다는 것이다.

"그럼 나 줘."

난이라고 하면 인심이 고약한 사람이라 주지 않을 줄 알았는데 큰 인심이나 쓰는 것처럼 가져가라고 했다. 팔자에 없는 난을 한번 키워 보자는 생각에 가져와 정성을 다했다.

꽃이 안 피면 어때.

아침마다 난 잎과의 눈맞춤이 나름 정겨웠다.

이듬해 난의 촉수가 이상하더니 대가 올라오고 그 대에서 꽃망울이 맺히기 시작했다.

어, 꽃이 피려나?

꽃망울이 점점 커지자 아내나 나나 그 기대감에 연신 입가에 웃음이 물렸다.

며칠 지나 새벽에 거실로 나가보니 난향기가 가득이다. 꽃봉오리가 터졌다. 참으로 신기했다. 믿을 수가 없었다. 어떻게 10년 넘게 꽃을 피우지 않던 난이 꽃을 피울 수 있느냐며 아내는 환호성을 질렀고, 나는 지우에게 연락을 했다. 난이 꽃을 열었다고 하자 처음에는 믿지 않았다. 얼마 전에 가봤지 않느냐, 전혀 기미가 없었는데 무슨 소리냐고 했다. 더욱이 10년마다 꽃을 피우는 종인데 이제야 꽃을 피울 리 없다고 했다. 내가 농이나 할 것 같으냐고 하니까, 그제야 집으로 와 보고는 무릎을 쳤다.

"내가 미친놈이다!"

그의 탄식을 들으며 내가 웃었다.

"이런 인연도 있다니. 기가 막히누나!"

내가 중얼거리자 그가 눈을 질끈 감았다. 순간 그의 상심이 가슴에 와 박혔다.

내가 팔짱을 끼고 잠시 생각하는 사이 아내가 안방으로 들어가 동생에게 난이 꽃을 피웠다며 전화를 하는 들뜬 목소리가 들려왔다.

"가져가, 꽃을 피웠으니."

사실은 속으로 그럴 수 없이 욕심이 생겨 미친놈은 내

가 아닐까 싶었지만, 내 말에 지우가 눈을 크게 떴다.

"정말?"

"그래."

그렇게 난을 보내고 아직도 가시지 않은 난 향기 속에서 나는 눈을 감았다. 마음이 돌방망이로 맞은 듯한데 이제 끝마쳐야 할 작품이 떠올랐다. 법정 스님 일대기였다. 마침 그분이 아끼던 난을 미련 없이 보내는 장면을 손보던 참이라 그랬을까? 그런 생각까지 들었다. 어쩌면 상황이 이리도 같을까 싶어 호기를 부린 것은 아니었을지…….

아까웠다. 무슨 인연으로 내게로 와 꽃을 피웠는지, 꽃을 피우기가 무섭게 도로 주어버렸다는 것이 못내 아쉬웠다. 그러면서도 내가 무소유로 일관한 한 인간을 형상화하면서 느끼고 배운 것이 무엇이었나 싶었다. 소유인가, 무소유인가.

그렇구나 싶었다. 그분에게서 소유의 미덕이 아닌 무소유의 미덕을 배우고 쓰면서 무엇을 지향하고 있었는가.

나는 그제야 잘했다는 생각이 들었다. 첫 번째 시험을 무사히 치른 아이의 마음처럼 점차 점차 마음이 가벼워지기 시작했다. 그러자 그분의 무소유 세계를 그리면서도 소유욕으로 꽉 찬 일상을 영위하고 있던 나 자신이 슬슬

부끄러워지기 시작했다. 그동안에 무소유를 실천하는 한 선지자에게 미쳐 있었으면서도 정작은 그렇게 살지 못했다는 자괴감.

그때부터 무소유를 실천했던 한 선지자의 모습을 더 열심히 쓰고 다듬었다. 진작 발표한 작품이 아무래도 미진한 거 같아 그분의 발길을 따라 어디든 마다 않고 다니던 참이기도 했다. 더 열심히 찾다 보니 그분을 대하는 우리의 안일한 태도들이 선명하게 보이기 시작했다. 그분을 한 시대의 선인으로 받들어왔지만, 그분이 어떻게 이 세상으로 왔으며 어떻게 존재했는지에 대한 기록들을 다시 살펴보자 지금까지 발표된 설과는 처음부터 사뭇 다르다는 것을 알 수 있었다. 먼저 행장 문제만 해도 그랬다. 내가 알기로 그분의 행장은 두 가지 설로 나뉘었다. 하나는 1932년 2월 15일 탄생설이고, 다른 하나는 1932년 음력 10월 8일(양력 11월 5일) 탄생설이다. 그런데 어렵게 확인해본 결과, 스님은 소화 10년 2월 15일에 태어났다. 소화 10년이면 서력으로 1935년이다. 출생 신고는 아버지 박근배 씨가 소화 10년 2월 20일에 했다고 되어 있었다. 그럼 법정 스님의 세수는 78세가 아니라 75세라는 말이 된다. 도대체 어느 설이 맞는 것일까?

더욱 문제가 되는 것은 출가 연도였다. 거의 모든 행장에 1954년 2월 15일로 되어 있는데, 어떻게 된 것일까. 《월간조선》 2010년 4월호에 전남대 박광순 명예교수가 기고한 사진을 보면, 1955년 11월 25일까지도 멀쩡하게 대학 교복을 입고 있다. 사진 하단부에 1955년 11월 25일이라는 연월일이 정확히 박혀 있다. 그럼 스님의 출가는 1954년 2월 15일이 아닌 것이 된다. 박광순 교수의 증언에 따르면, 1955년 11월 25일 서울에 있는 두 명의 친구를 내려 오게 해서 여덟 친구가 사진관으로 가 이별 사진을 찍었다고 했다. 그리고 며칠 후 재철(법정 스님)은 새벽 기차를 타고 오대산을 향해 서울로 떠났다는 것이다. 이 증언이 사실이라면 법정 스님의 법랍은 55세가 아니라 54세가 된다.

어떻게 생각해보면 그리 중요한 문제가 아닐 듯 싶으나, 탄생 연도를 1932년으로 보면 세수 78세이고 출가 연도를 1954년으로 보면 법랍 55세가 되지만 1935년생으로 보면 세수 75세요 1955년 출가면 법랍 54세가 되니, 심각한 일이 아닐 수 없다. 그분의 일생, 그분의 연대 자체가 모조리 틀어져버리기 때문이다.

행장은 일개 개인의 것이 아니다. 그 사람의 일생이 조명되는 공식적인 공간이요 역사적 자료다. 더욱이 선인의 행장은 사적인 것이 아니다. 왜냐하면 그 행장은 사회적으로 지대한 영향을 미치면서 역사적 자료로 인식되기 때문이다. 물론 그런 행장이 있기까지는 그만한 이유가 있었을 테지만 지금이라도 그 심각성을 지각하고 공식 행장을 재검증해야 할 것이다. 그런 의미에서 필자는 이 작품에서 어떤 설이 옳은지 밝혀두었다.

그분의 일생, 그분의 정신적 발전 과정을 나름 살펴보던 내가 글을 끝내면서 여러 문제들 중에서도 이런 예를 덧붙이는 것은 그분의 모습을 지금이라도 더 정확하게 바로 보자는 신심에서 이고, 내가 조사한 대로 확신을 가지고 그분의 일생을 그렸다는 군말이기도 하다.

바람이 분다. 꽃잎이 분분하다. 그분의 넋이 오는 것인가. 오늘도 그가 살던 산골짝 오두막에는 이름 모를 꽃들이 피고 진다. 꽃이 피면 가겠다던 당신의 피울음인가. 바람 불면 그 꽃 다시 피우러 오겠다던 당신의 넋울음인가.

당신이 닦아놓은 무소유의 길을 걸으며 그 무소유의 길마저 소유하고 있는 것이 나 자신이 아닌가 다시 물어본다.

법정 스님 연보

본명 박재철朴在喆

1932년 음력 10월 8일(양력 11월 5일)2월15일 전남 해남군 문내면 선두리 431번지 출생

1955년 선학원에서 효봉 선사를 은사로 삭발. 통영 미래사로 내려가 사미 생활 시작.

1959년 3월 15일 통도사 금강계단에서 자운율사를 계사로 비구계 수계.

1959년 4월 15일 해인사 전문 강원 대교과 졸업.

1972년 첫 저서 《영혼의 모음》 출간.

1976년 범우사에서 《무소유》 출간.

1984~1987년 송광사 수련원 원장.

1992년 강원도 산골 오두막으로 거처를 옮기고 홀로 수행 정진.

1993년 10월 10일 프랑스 최초의 한국 사찰인 '송광사 파리 분원 길상사' 개원.

1994년 1월 1일 '맑고 향기롭게 살아가기 운동' 창립.

1994년 '맑고 향기롭게' 회주.

2003년 12월 '맑고 향기롭게' 근본 도량 길상사 회주에서 스스로 물러남.

2010년 3월 11일 길상사에서 법랍 54세, 세수 만 78세로 입적.